KB078218

회귀자와 함께
살아가는 법

회귀자와 함께 살아가는 법 4

재미두스푼 현대 판타지 소설

초판 1쇄 찍은 날 § 2022년 3월 24일
초판 1쇄 펴낸 날 § 2022년 3월 31일

지은이 § 재미두스푼
펴낸이 § 서경석

총괄팀장 § 황창선
편집책임 § 이준영
디자인 § 스튜디오 이너스

펴낸곳 § 도서출판 청어람
등록번호 § 제387-1999-000006호
등록일자 § 1999. 5. 31
어람번호 § 제1-3177호

본사 § 경기도 부천시 부일로 483번길 40 서경B/D 3F (우) 14640
편집부 § 서울시 구로구 디지털로 272 한신IT타워 404호 (우) 08389
전화 § 02-6956-0531 팩스 § 02-6956-0532
http://www.chungeoram.com
E-mail § chungeorambook@daum.net

ⓒ 재미두스푼, 2022

ISBN 979-11-04-92424-8 04810
ISBN 979-11-04-92411-8 (세트)

도서출판 청어람
4
회귀자와 함께 살아가는 법
재미두스푼
현대 판타지 소설
MODERN FANTASTIC STORY

회귀자와 함께
살아가는 법

목차

Chapter. 1

"와, 또 안 왔네."

이태리가 황당한 표정을 지었다.

교양 수업이 끝날 때까지 기다렸지만, 서진우는 끝내 나타나지 않았다.

"수업에 출석한 횟수보다 출석을 안 한 횟수가 더 많네."

교양 수업인 '문화 콘텐츠의 변화와 이해' 강의 시간에 결석을 밥 먹듯이 하는 서진우로 인해 아쉬워하는 것은 이태리만이 아니었다.

"서진우 때문에 수업까지 바꿨는데 당최 얼굴을 볼 수가 없네."

"혹시 군대 가려고 휴학한 것 아냐?"

"야, 휴학했으면 출석부에 이름이 없겠지. 아까 출석 부를 때 서진우 이름 있었거든."

"그런데 왜 이렇게 얼굴 보기가 힘든 거야?"

"진짜 이러다가 얼굴 까먹겠네."

함께 교양 수업을 듣고 있는 다른 여학생들도 서진우의 잦은 결석에 짙은 아쉬움을 드러내며 무수한 추측들을 쏟아 내고 있었다.

"대체 뭘 하고 돌아다니는 거야?"

이태리가 한숨을 내쉰 후 가방을 챙겨서 강의실을 막 빠져나왔을 때였다.

"아가씨."

"……."

"거기 예쁜 아가씨."

거구의 남자가 건들거리며 이태리의 앞을 막아섰다.

'뭐야?'

이태리가 슬쩍 눈살을 찌푸렸다.

어깨가 쩍 벌어져 있는 남자의 인상은 무척 험상궂었다.

순정 만화 마니아인 이태리의 이상형은 꽃미남.

이상형과는 한참 거리가 먼 남자가 앞을 막아선 이유가 자신의 연락처를 알아내기 위함이라고 판단한 이태리가 냉랭한 목소리로 말했다.

"난 그쪽에게 눈곱만큼도 관심 없……."

"이 남자, 알아?"

거구의 남자가 도중에 말을 자르며 사진 한 장을 불쑥 내밀었다.

'감히 내 말을 잘라?'

살짝 빈정이 상한 채로 눈앞으로 내밀어진 사진을 바라보았는데 사진 속 남자가 서진우임을 알아채곤 애써 침착한 표정을 보이며 입을 뗐다.

"그건 왜 묻는 건데요?"

"그냥 묻는 것에만 대답해. 알아? 몰라?"

거구의 남자가 뿜어내는 기세는 사나웠다.

그래서 이태리가 움찔하며 고개를 흔들었다.

"몰라요."

"이 강의 듣는다는데 진짜 몰라?"

"네."

"하아, 이 미꾸라지 같은 새끼. 도대체 어디 틀어박혀 있는지 찾을 수가 없네."

거구의 남자가 버럭 짜증을 내며 다른 여학생을 향해 걸어가는 모습을 확인한 이태리가 주변을 살폈다.

이 남자가 다가 아니었다.

다른 거구의 남자들도 강의실을 빠져나오는 학생들을 상대로 서진우의 사진을 내밀며 똑같은 질문을 쏟아 내고 있었다.

'왜 서진우를 찾는 거지?'

아까 서진우를 아느냐는 남자의 질문에 모른다고 거짓말을 했던 것.

본능적인 판단이었다.

이 남자들이 서진우에게 적의를 갖고 있다는 것을 여자의 직감으로 알아챘기 때문에 했던 거짓말.

'대체 뭘 하고 돌아다니기에 이런 사람들이 찾으러 다니는 거야?'

서진우에 대한 걱정이 앞선 이태리가 서둘러 강의실 건물을 빠져나오자마자, 휴대 전화를 꺼냈다.

뚜우우, 뚜우우.

서진우에게 전화를 걸었지만, 그는 전화를 받지 않았다.

"감히 내 전화를 씹어?"

하지만 순정 만화 속 여주인공처럼 자신의 전화를 받지 않는 서진우에게 분노하고 있을 여유도 없었다.

이대로 내버려 두면 서진우가 더 큰 위험에 처할 수도 있기에 초조한 표정으로 고민에 잠겼다.

"어디로 가야 서진우를 만날 수 있을까?"

잠시 고민하던 그녀가 주차장을 향해 걸음을 옮겼다.

*   *   *

"누구의 말이 맞는지 내기라도 할까요?"

이토 겐지가 식사 자리에서 꺼냈던 말이 귓가에 되살아 났다.

자신감이 넘치는 태도로 이토 겐지는 내기까지 제안했었다.

"진짜… 확신하는 표정이었어."

난 식사하는 내내 이토 겐지를 관찰하는 데 집중했다.

덕분에 이토 겐지가 어떤 수작을 부리는 게 아니라는 결론을 내렸다.

"JK미디어가 조보안과 전속 계약을 맺었다는 사실을 분명히 알고 있을 텐데, 대체 왜 그렇게 확신하는 걸까?"

계속 풀리지 않는 의문.

그로 인해 내 머릿속이 헝클어졌을 때였다.

번쩍, 번쩍.

자동차 한 대가 상향등을 연신 쏘아 내며 앞으로 다가왔다.

"뭐야?"

상향등 불빛으로 인해 눈이 부셔서 짜증이 와락 치밀었을 때, 승용차가 멈추고 운전석에서 이태리가 내렸다.

"서진우, 왜 내 전화를 안 받는 거야?"

다짜고짜 짜증부터 내는 이태리에게 내가 황당한 시선을 던졌다.

'지금 짜증 낼 사람이 누군데 적반하장도 유분수지.'

내가 속으로 생각하며 물었다.

"여긴 어떻게 알고 찾아왔어?"

"학교에 하도 안 나와서 너 만나러 직접 찾아왔다. 역시 내 예상이 맞았네."

"무슨 예상?"

"학교 수업에는 안 나와도 과외는 절대 안 빠트리네."

"과외비 받았으니까."

내가 당당하게 대꾸하자, 이태리는 황당하단 시선을 던졌다.

"하여간 무슨 생각을 하면서 사는지 모르겠다. 그리고 대체 무슨 짓을 하고 돌아다니는 건지도 모르겠고."

"갑자기 무슨 소리야?"

"이리 와 봐."

"과외 시작할 시간 다 됐어."

"중요한 일이니까 잔말 말고 빨리 와."

이태리의 표정이 심상치 않다는 사실을 알아챈 내가 내키지 않는 표정으로 그녀의 앞으로 다가갔다.

"이 남자, 누군지 알아?"

이태리의 휴대 전화에 저장되어 있는 남자의 사진을 바라본 내가 고개를 흔들었다.

"모르겠는데."

"진짜 몰라?"

"모른다니까."

"그런데 이 남자가 왜 널 찾아?"

"이 남자가 날 찾았다고?"

"그래. 이 남자만이 아냐. 체격이 건장한 남자들 여럿이 강의실을 돌아다니며 네 사진을 들이밀면서 너를 찾고 있었어."

그제야 상황의 심각성을 알아챈 내가 살짝 표정을 굳혔다.

'누굴까?'

이태리의 휴대 전화 속에 떠올라 있는 건장한 체구의 남자를 바라보던 내가 떠올린 것은 남우철과 박병훈이었다.

'유도 선수 출신이라고 했지.'

사진 속 남자와 남우철과 박병훈의 체구가 비슷하다는 것에 생각이 미친 내가 이태리에게 부탁했다.

"이 사진, 내 휴대 전화로 좀 보내 줘."

"그건 어려운 일이 아닌데… 이제 어쩌려고?"

"일단 알아봐야지."

"뭘 알아본단 거야?"

"왜 날 찾고 있는지 그 이유를 알아보는 게 급선무야."

"그렇긴 하지만……."

이태리가 슬그머니 말끝을 흐렸다.

어쨌든 이태리가 여기까지 찾아와서 알려 준 덕분에 주변에 닥친 위협을 먼저 인지하게 된 상황.

고마운 마음이 들었기에 내가 그녀에게 보답 차원에서 순정 만화 남주인공에게 어울리는 대사를 입 밖으로 꺼냈다.

"너무 걱정하지 마. 이런 놈들에게 당할 정도로 내가 한심하지는 않으니까."

어쩌면 재수 없다는 반응이 돌아올 수도 있다고 생각했는데.

이태리의 반응은 항상 내 예상은 빗나가게 만든다.

"그래도 조심해. 네게 무슨 일이 생기면… 혹시라도 안 좋은 일이 생기면 내가 견디지 못할 것 같으니까."

'뭐래?'

이제는 확실해졌다.

이태리는 순정 만화 마니아가 틀림없다.

*　　　　*　　　　*

한영대 연극영화과 직속 선배이자 천재 영화감독이라고 불리는 오승완은 평가에 박한 편이었다.

하지만 평소 평가에 박하기로 소문이 자자한 오승완이 유일하게 천재라고 인정했던 것이 바로 서진우였다.

'그래 봐야 대학 신입생이 얼마나 뛰어나겠어?'

오승완이 입에 침이 마르도록 칭찬하긴 했지만, 서진우는 올해 막 대학에 입학한 신입생이었다.

게다가 한국대 법학과에 진학했으니, 고등학교 시절 내내 공부만 했을 터.

그래서 오승완 감독이 너무 과한 칭찬을 한 거라 여겼는데.

'텔 미 에브리씽'을 보고 난 후, 성민아의 생각이 바뀌었다.

'진짜… 천재다.'

대학 신입생이 집필한 시나리오라고는 도저히 믿기 힘들 정도로 '텔 미 에브리씽'은 뛰어난 작품이었다.

평단과 관객들에게 모두 호평을 이끌어 내면서 흥행에 크게 성공한 것이 '텔 미 에브리씽'이 수작이란 증거.

그래서 성민아는 서진우에게 흥미를 느꼈다.

그 흥미는 대학 연합 동아리 '무비 스토커' MT를 거치면서 더욱 커졌다.

그리고 동아리 회원인 송지희가 납치됐을 때, 남우철과 박병훈을 가볍게 쓰러트리고 그녀를 구해 내던 서진우의 모습은 꼭 백마 탄 왕자처럼 멋있었다.

"외모도 그 정도면 준수한 편이고."

서진우를 떠올리던 성민아의 심장이 두근거렸다.

단지 그를 떠올리는 것만으로도 심장이 쿵쾅거리며 뛰는 것이 서진우에게 호감이 생겼다는 증거.

그때 서진우가 커피 전문점 안으로 들어왔다.

검정색 세미 정장을 입고 있는 서진우를 발견한 성민아가 손을 들어서 반갑게 인사했다.

"잘 지냈지?"

"아뇨, 잘 못 지냈습니다."

"왜? 무슨 안 좋은 일이라도 있었어?"

"누나가 자주 연락을 안 해서요."

서진우의 대답을 들은 성민아가 살짝 뺨을 붉힌 채 입을 뗐다.

"미안한데… 아직 고민 중이야."

"버스 떠나간 뒤에 손 흔들어 봐야 늦습니다."

"……?"

"저 정도면 아주 괜찮은 남자거든요."

'역시… 멋있어.'

호감이 생겨서일까.

서진우가 내비치고 있는 강한 자신감도 재수 없게 느껴지지 않았다.

아니, 오히려 좋게 보였다.

"알아. 네가 괜찮은 남자라는 것. 그래도 조금 더 알고 난 후에 내 마음을 결정하고 싶어. 그래서 오늘 만나자고 한 거고."

성민아가 생긋 웃으며 말한 후 덧붙였다.

"자리 옮길까?"

"네. 어디로 옮기실 겁니까?"

"칵테일 마시고 싶어."

성민아가 전에 몇 번 들른 적이 있는 근처 모던 바로 서진우를 이끌었다.

"그때 많이 놀라셨죠?"

피치 크러시를 한 모금 마셨을 때, 서진우가 물었다.

지난 MT 때 있었던 일을 이야기하는 것임을 알아챈 성민아가 대답했다.

"많이 놀라긴 했지만, 지희만큼이야 놀랐을까?"

"참, 송지희 씨는 어떻게 지내십니까?"

"나도 계속 신경이 쓰여서 그 후에 일부러 더 자주 연락하고 있는데 여전히 힘들어하고 있어. 그런데 요즘은 합의 문제 때문에 더 힘든가 봐."

"그건 무슨 소리입니까?"

"상대 측에서 자꾸 합의해 달라고 요구하며 찾아오는 중인데 지희는 합의해 주고 싶어 하지 않거든. 그런데 지희 아버지는 합의를 했으면 하는 것 같아. 지희 집안 형편이 그렇게 넉넉한 편은 아니라."

"그래서 송지희 씨는 어떻게 하실 생각이라고 합니까?"

"아직 결정을 못 내린 것 같아."

성민아가 대답하자, 서진우가 부탁했다.

"지금 전화 좀 해 주십시오."

"누구한테? 지희한테?"

"네. 저한테 괜찮은 생각이 있거든요."

"어떤 생각인데?"

성민아가 호기심을 느끼고 묻자, 서진우가 대답했다.

"일타이피의 계책입니다."

　　　　*　　　　　　*　　　　　　*

"서진우라고 합니다. 기억하시죠?"

성민아에게서 휴대 전화를 건네받은 내가 묻자, 수화기 너머에서 송지희의 가냘픈 목소리가 들려왔다.

—물론 기억하고 있어요. 서진우 씨 덕분에 제가 큰일을 당하는 것을 피할 수 있었으니까요. 정말 감사하게 생각하고 있습니다.

"당연히 해야 할 일을 했던 것뿐이니까 신경 쓸 필요 없습니다. 그리고 제가 송지희 씨와 통화를 원한 이유는 합의 때문입니다."

—네? 네.

"민아 누나를 통해 저쪽에서 합의를 원하고 있다는 이야기를 들었습니다. 지금 제시하고 있는 합의금이 얼마나 되는지 알 수 있을까요?"

—이천만 원인 것으로 알고 있어요.

'이천만 원이라.'

이천만 원은 적은 돈이 아니다.

송지희의 아버지가 합의를 하고 합의금을 받기를 원하는

욕심을 내기에 충분한 금액.

"합의하세요."

내가 합의를 하라고 제안하자 송지희의 숨소리가 살짝 거칠어졌다.

그렇지만 난 개의치 않고 말을 이었다.

"단, 합의금을 더 요구하세요."

―합의금을 더 요구하라고요?

"네, 합의금으로 오천만 원을 요구하세요."

오천만 원은 기존에 남우철 측에서 제시했던 이천만 원보다 2.5배 더 많은 금액.

그렇지만 지금 합의가 시급한 것은 남우철 측이었다.

그리고 남우철의 아버지인 남기홍은 중견 건설 회사인 명청건설의 대표.

아들을 위해서라면 기꺼이 오천만 원을 합의금으로 지불할 것이란 확신을 난 갖고 있었다.

'돈이라도 챙겨야지.'

송지희는 끔찍한 경험을 당했다.

평생 잊기 힘들 악몽 같은 기억.

그런 그녀는 어떤 방식으로든 보상을 받아야 마땅했고, 기왕이면 거액의 합의금을 받아 내길 바라기에 오천만 원을 요구하라고 내가 일종의 가이드라인을 제시해 준 것이었다.

한참의 침묵이 흐른 후, 송지희가 모기처럼 작은 목소리로 말했다.

―저는… 합의하고 싶지 않아요.

"송지희 씨의 심정은 충분히 이해합니다. 합의하는 대신 그놈들이 합당한 죗값을 치르기를 바라는 것이죠?"

―네, 맞아요.

합의를 하면 형량이 경감된다.

송지희도 그 사실을 알고 있기에 합의하고 싶지 않아 하는 것이었고.

"그래도 합의하세요."

―네, 하지만⋯⋯.

"그놈들이 충분한 죗값을 치르도록 만들겠다고 약속드리겠습니다."

―서진우 씨가 어떻게요?

"두고 보시면 알게 될 겁니다. 그러니 절 믿고 합의하세요."

만약 내가 세운 계획대로 일이 진행되기만 한다면?

난 송지희와 했던 약속을 지킬 자신이 있었다. 그래서 힘주어 말하자, 송지희가 고민 끝에 입을 뗐다.

―그럼 서진우 씨를 믿고 합의할게요."

"네. 잘 결정하셨습니다. 다시 연락드리겠습니다."

송지희와의 통화를 마친 후 성민아에게 휴대 전화를 돌려주었다.

"정말 자신 있어?'

휴대 전화를 건네받은 성민아가 두 눈을 반짝반짝 빛내며 물었다.

"지키지 못할 약속은 하지 않습니다."

내가 대답했을 때였다.

"민아야, 오랜만이다."

누군가 우리 쪽으로 다가왔다.

'누구지?'

삼십 대 초반 정도로 보이는 정장 입은 남자를 내가 살폈다.

명품으로 전신을 휘감고 있는 남자의 얼굴은 내 기억에는 없었다,

"어머, 선재 오빠."

예기치 못한 바에서의 만남에 성민아가 반색했다.

"여긴 어쩐 일이세요?"

"회의 끝나고 간단하게 한잔하러 왔어. 너는?"

"저도 한잔하러 왔어요."

성민아와 대화를 나누던 남자가 날 힐끗 살핀 후 물었다.

"그런데 누구야?"

"음, 설명하기 복잡한데… '텔 미 에브리씽'이란 영화, 알죠?"

"당연히 알지."

"그 영화의 제작자예요."

성민아가 나에 대한 소개를 마친 순간, 남자가 고개를 갸웃

했다.

"'텔 미 에브리씽'의 제작자는 유니버스 필름 이현주 대표로 알고 있는데?"

'영화 쪽 일을 하는 사람이네.'

남자가 꺼낸 말을 들은 내가 판단했다.

일반인들은 영화의 감독과 주연을 맡은 배우에 대해서는 관심을 갖지만 제작자가 누구인가까지는 관심을 갖지 않는다.

그런데 남자는 '텔 미 에브리씽'의 제작자가 유니버스 필름 이현주 대표라는 사실을 정확히 알고 있었다.

이것이 내가 남자가 영화 쪽 일을 하는 사람이라고 판단한 이유.

그때, 성민아가 부연했다.

"공동 제작 했어요."

"그래? 거기까진 몰랐네."

내가 '텔 미 에브리씽'의 공동 제작자임을 알게 된 남자가 흥미로운 시선을 던지며 앞으로 손을 내밀었다.

"처음 뵙겠습니다. 오선재라고 합니다."

"서진우입니다."

악수를 나누기 무섭게 오선재가 지갑에서 명함을 꺼내서 내밀었다.

"제 명함입니다."

'리온 엔터테인먼트 홍보 팀장?'

오선재의 직책이 리온 엔터테인먼트 홍보 팀장이란 사실을 확인한 후, 나도 명함을 꺼내서 건넸다.

"레볼루션 필름 대표를 맡고 있습니다."

내 명함을 살피던 오선재의 입가로 희미한 미소가 떠올랐다.

"같은 분야에서 일하고 계시는군요. 그런데 실례지만 나이가 어떻게 되십니까?"

"그건 왜 물으십니까?"

"아까 얼핏 듣기로는 민아가 편하게 말하는 것 같아서 제 짐작보다 나이가 훨씬 어리지 않을까 하는 생각이 들어서요."

"올해 대학에 입학했습니다."

"네? 대학 신입생이라고요?"

내 나이를 알게 된 오선재가 깜짝 놀랐을 때, 성민아가 웃으며 말했다.

"오빠, 놀랐죠?"

"응? 응."

"이해해요. 나도 깜짝 놀랐으니까요. 참, 진우, 한국대 법학과 다녀요."

"그래? 올해 대학에 입학한 신입생이 영화를 제작한 것도 놀라운데, 한국대 법학과 학생이라."

내게 새삼스러운 시선을 던지던 오선재가 성민아에게 물었다.

"그런데 민아 넌 서진우 씨를 어떻게 알아?"

"오승완 감독님 알죠? 오 감독님이 소개해 주셨어요."

"그래?"

왜일까.

날 바라보는 오선재의 시선에 희미한 적의가 들어 있다는 사실을 난 놓치지 않았다.

"두 분은 어떻게 아는 사이입니까?"

내가 묻자, 성민아가 대답했다.

"선재 오빠가 우리 동아리 전전대 회장이었어. 졸업하고 취업한 후에도 가끔씩 찾아와서 밥이랑 술도 사 주시는 덕분에 알게 됐지."

그 대답이 끝나기 무섭게 오선재가 끼어들었다.

"그냥 알고 지내는 사이가 다야?"

"네?"

"난 민아와 무척 친하다고 생각했거든."

오선재의 말에 성민아가 살짝 뺨을 붉힌다.

'두 사람, 무슨 사이지?'

오선재와 성민아 사이에 묘한 기류가 흐르고 있다는 사실을 간파한 내 신경이 곤두섰을 때였다.

"일행이 있어서 오늘은 그만 헤어져야겠다."

"네, 오빠."

"만나서 반가웠다. 그리고 술은 내가 살 테니까 편하게 마시고 가."

"고마워요."

성민아와 인사를 나누던 오선재가 퍼뜩 떠오른 듯 물었다.

"참, 연기 학원은 계속 다니고 있지?"

"네."

"열심히 해. 곧 좋은 기회가 찾아올 수도 있으니까."

한쪽 눈을 찡긋한 오선재가 먼저 떠났다.

다시 둘만 남겨진 순간, 성민아가 제안했다.

"진우야, 건배 한 번 할까?"

"네? 네."

잔을 부딪치고 피치 크러시를 한 모금 마신 성민아가 날 향해 요염하게 느껴지는 미소를 머금은 채 말했다.

"진우, 너랑 마시니까 칵테일이 더 맛있게 느껴지는 것 같아."

*   *   *

JK미디어 법무 팀 사무실.

"어쩌려고?"

천태범이 내게 우려 섞인 시선을 던지며 물었다.

"만나야죠."

내가 대답하자, 천태범이 미간을 찡그렸다.

"서 이사, 싸움 잘해?"

"꽤 하는 편입니다."

한반도의 이름 없는 영웅인 무휼에게서 태극일원공과 칼춤을 전수받아 수련한 후로 난 자신감이 부쩍 상승한 상태였다. 그래서 힘주어 대답했지만, 천태범은 여전히 불안한 기색이었다.

"그래도 쪽수로 밀어붙이는 데는 장사 없는 법이야. 게다가 보통 놈들이 아냐. 서 이사가 건넨 사진 속 그놈만 해도 태권도 유단자야. 고등학교 때 전국 체전에 출전해서 메달도 땄고. 이런 놈들이 떼거리로 덤비면 서 이사 혼자서 절대 감당 못 해."

천태범의 표정은 심각하기 그지없었다.

그런 그를 안심시켜 줄 요량으로 내가 말했다.

"그렇게 걱정되시면 변호사님이 도와주시면 되잖습니까?"

"내가? 나 싸움 못해."

"압니다."

"안다고? 안다는 이야길 듣고 나니 이상하게 기분이 나쁘네. 서 이사가 내가 싸움 못하는 걸 어떻게 알아?"

"싸움 잘하실 체형은 아니시거든요."

내가 불룩 솟아 있는 천태범의 배를 응시하며 대꾸하자, 그가 빠르게 인정했다.

"인정."

"네?"

"아까도 얘기했듯이 난 싸움 못해. 그러니까 서 이사 못 도와줘."

"그럼 검사 시절에는 어떻게 흉악범들을 검거했습니까?"

"내가 검거한 거 아냐. 난 그냥 지시만 내리고 흉악범들은 수사관들이나 경찰들이 검거했던 거지."

"그때처럼 하면 되겠네요."

"응?"

"검사복을 벗었다고 해도 경찰 쪽에 아직 끈이 남아 있지 않으십니까?"

"공권력을 이용하자?"

내 말뜻을 이해한 천태범이 두 눈을 빛내며 물었다.

"어떻게?"

"납치 사건이면 공권력을 움직일 수 있지 않겠습니까?"

"누가 납치를 당하는데?"

"제가 납치당할 겁니다."

"서 이사가?"

"네."

"그건 너무 위험해."

천태범이 재차 우려가 담긴 시선을 던졌지만, 난 이미 결정을 내린 후였다.

"그러니까 천 변호사님이 절 늦지 않게 도와주셔야 합니다."

"아무리 그래도……."

"이거 보시죠."

내가 종이를 건넸다.

그 종이에 적혀 있는 내용을 훑어보던 천태범이 물었다.

"이거 뭐야?"

"제가 준비한 시나리오입니다."

내가 물을 한 모금 들이켠 후 덧붙였다.

"혹시 허점이 있는가 검토해 주시죠."

*　　　　　*　　　　　*

"또 안 왔네."

교양 수업 강의실 가장 뒤편에 앉아 있던 이태리가 작게 중얼거렸다.

오늘 수업에도 서진우는 출석하지 않았기 때문이었다.

이전까지는 서진우가 출석하지 않았을 때 이태리는 다른 여학생들과 마찬가지로 서운함을 느꼈다.

그렇지만 오늘은 달랐다.

오히려 서진우가 교양 수업에 출석하지 않은 것이 다행이란 생각이 들었다.

여전히 서진우를 찾아 헤매고 다니는 체격이 건장한 사내들이 있었기 때문이었다.

'위험해.'

서진우는 걱정할 필요가 없다고 말했지만, 걱정이 되는 것은 어쩔 수 없었다. 그래서 이태리가 한숨을 푹 내쉬었을 때였다.

"왜 한숨을 내쉬어? 무슨 고민 있어?"

서진우의 목소리가 들렸다.

강의실 뒷문으로 들어온 후 비어 있던 자신의 옆 좌석을 슬그머니 차지하고 앉아 있는 서진우를 발견한 이태리의 두 눈에 반가움이 깃들었다.

그러나 그도 잠시, 이태리가 표정을 딱딱하게 굳힌 채 작은 목소리로 물었다.

"여기 왜 왔어?"

"학생이 수업 들으러 온 게 그렇게 이상한 일이야?"

"그건 아니지만… 너무 위험하잖아."

"죄지은 것도 없는데 내가 숨을 필요는 없지."

"그래도……."

"수업 끝나고 약속 있어?"

"갑자기 그건 왜 물어?"

"부탁할 게 있어서."

"무슨 부탁? 아니, 이거 묻기 전에 왜 나한테 부탁을 하려는 건데?"

"친구가 없어서."

"뭐?"

"생각해 봤는데 부탁할 사람이 너밖에 떠오르지 않더라고."

당당하게 왕따임을 고백하는 서진우를 황당하게 바라보던 이태리가 물었다.

"어떤 부탁인데?"

"사건 목격자와 신고자 역할을 해 줘."

"사건이라니? 무슨 사건?"

"납치 사건."

서진우가 웃으며 곧 벌어질 사건에 대해서 설명을 더했다.

"내가 곧 납치될 거야."

*　　　　　*　　　　　*

한국대학교 근처 커피 전문점.

창가 쪽 탁자를 차지하고 앉아서 지나가는 여대생들을 구경하던 진상기가 미간을 찌푸렸다.

"이 짓도 지겹네."

처음 며칠은 미니스커트를 입고 오가는 여대생들을 구경하는 재미가 쏠쏠했다.

그러나 며칠 더 반복하자 흥미가 떨어졌다.

"뭐 이런 새끼가 다 있어?"

그로 인해 진상기가 짜증 섞인 외침을 내뱉었다.

"학생이 학교를 안 오는 게 말이 돼?"

진상기는 한국대학교에 대한 일종의 환상이 있었다.

한국대학교 학생은 모두 성실하고 공부를 열심히 하는 모범생일 거라는 환상을 갖고 있었는데.

그 환상이 서진우란 놈으로 인해 깨졌다.

명색이 한국대학교 신입생인데 서진우는 도통 학교에 오질 않았다.

오죽했으면 휴학한 게 아닐까 하는 의심까지 했을까.

"이 새끼를 일단 찾아야 죽이든 살리든 할 거 아냐?"

진상기가 씩씩 콧김을 내뿜으며 맛대가리 없는 커피를 쭉 들이켰을 때였다.

"바꾸지 마라. 아무것도 바꾸지……."

휴대 전화 벨소리가 울렸다.

후배 이호태에게서 걸려온 것임을 확인한 진상기가 서둘러 전화를 받았다.

"찾았어?"

"네, 찾았습니다."

"새끼, 그래도 양심은 있네."

서진우를 찾았다는 이호태의 보고를 들은 진상기가 벌떡 일어났다.

"어떻게 할까요?"

"일단 쫓아가. 이번에 놓치면 언제 또 학교 올지 모르니까 절대 놓치면 안 돼."

이호태에게 엄명을 내린 진상기가 서둘러 커피 전문점을 빠져나와 주차장에 세워 두었던 봉고차에 올라탔다.

"야, 빨리 출발해."

*　　　　*　　　　*

교양 수업이 끝나자마자 강의실을 빠져나왔다.

'몇이나 되나?'

태극일원공을 끌어올린 덕분에 예민해진 감각에 날 향해 쏟아지는 적의가 느껴진다.

'둘, 셋, 일단 넷이로군.'

마치 포위라도 하듯 멀찍이 떨어진 채 동서남북 네 방향을 점한 사내들의 존재를 알아챈 내가 실소를 터트렸다.

내게 존재를 들키지 않기 위해서 나름대로 운신을 조심하고 있었지만, 난 단숨에 그들을 알아볼 수 있었다.

짧게 자른 스포츠머리와 건장한 체구 때문이었다.

'가 보자.'

고개를 돌려서 멀찍이서 날 따라오고 있는 이태리를 확인한 후, 내가 본격적으로 걸음을 옮기기 시작했다.

한국대학교의 교정은 워낙 넓어, 학기 중임에도 불구하고 인적을 찾기 힘든 곳들이 여럿 존재했다.

내가 찾아가는 곳은 그런 장소들 중 한 곳.

'이쯤이면 납치당하기 딱 적당하겠네.'

학교 내 역사 박물관 뒤편에 도착했을 때, 날 뒤따르던 건장한 체구의 남자들이 다가왔다.

'예상을 한 치도 빗나가질 않네.'

속으로 생각한 내가 그들을 둘러보며 입을 뗐다.

"뭡니까?"

"뭐긴? 넌 이제 좆 된 거야."

"갑자기 그게 무슨……?"

난 원래 하려던 말을 마치지 못했다.

사내들 중 한 명이 다가오며 날린 주먹에 복부를 얻어맞았기 때문이었다.

"큭!"

내가 복부를 부여잡고 고통스러워할 때였다.

끼이익.

급브레이크를 밟는 소리가 들렸다.

"야, 빨리 태워."

급정거한 봉고차 문을 열고 누군가 소리쳤다.

그 지시를 들은 사내 둘이 부축하듯 내 양팔을 낀 채로 봉고차로 끌고 갔다.

탁.

"출발!"

문이 닫히고 봉고차가 출발한 순간, 누군가가 스산한 목소리로 말했다.

"넌 이제 뒈졌어."

나도 속으로 소리쳤다.

'너흰 이제 엿 된 거야.'

*　　　　*　　　　*

끼이익, 덜컹.

무서운 속도로 내달리던 봉고차가 멈춰 섰다.

"내려, 이 새끼야."

드르륵.

문이 열리자마자 누군가가 내 등을 걷어찼다.

속절없이 바닥에 고꾸라진 내가 일단 주변을 살폈다.

외딴 장소에 덩그러니 서 있는 폐공장을 확인했을 때, 누군가 내 앞으로 다가왔다.

"오랜만이네."

낯익은 목소리를 들은 내가 고개를 들었다.

"나 기억하지?"

예전과 달리 머리를 **빡빡** 밀었지만, 난 박병훈을 기억하고 있었다.

"그러네. 오랜만이네."

내가 씩 웃으며 대답하자, 박병훈의 표정이 금세 일그러졌다.

"이 새끼가… 웃어?"

내가 웃은 것이 마음에 들지 않는 듯 박병훈이 다짜고짜 주먹을 휘둘렀다.

퍽.

피할 새도 없이 얻어맞은 내가 바닥을 뒹굴 때, 뒤따라온 박병훈이 내 멱살을 틀어쥐고 들어 올렸다.

"내 팔을 부러트려 놓고 웃음이 난단 말이지?"

쿵.

박병훈이 엎어치기를 시도했고, 난 등부터 바닥에 떨어졌다.

"다 했냐?"

"뭐?"

"팔 부러져서 그런지 영 형편없네. 이 정도면 전치 8주도 안 나오겠다."

"이 새끼가 아직 정신을 못 차리고……."

"고맙다."

"……?"

"네가 여기 없을까 봐 걱정했거든."

"제대로 미친 새끼."

얼굴이 시뻘게진 박병훈이 발길질을 했다.

얼굴을 얻어맞고 바닥에 대자로 드러누워 버린 내가 가쁜 숨을 몰아쉬면서 물었다.

"남우철이 시켰냐? 날 죽이라고 시키던?"

"그게 왜 궁금해?"

"내가 왜 죽는지는 알고 죽어야 저승에 가더라도 덜 억울할 것 같아서."

자포자기한 표정으로 꺼낸 내 말이 마음에 든 걸까.

박병훈이 비릿하게 웃으며 대답했다.

"그래. 우철이가 시켰다. 개돼지 주제에 겁대가리 없이 기어 올랐으니까 대가를 치르는 게 맞잖아."

"한 번 더 고맙다."

"뭐?"

"친절하게 알려 줘서."

"이 새끼가 아까부터 뭔 개소리를……."

박병훈이 말하는 사이 내가 벌떡 몸을 일으켰다. 그런 내가 아까 봐 두었던 바닥에 뒹굴고 있던 각목을 향해 달려갔다.

와락.

"거기 안 서?"

각목을 손에 움켜쥔 순간, 지체 없이 태극일원공을 끌어올렸다. 그리고 쫓아오는 박병훈에게 흐릿한 미소를 지어 주었다.

"이 상황, 그때와 비슷하다는 생각 안 들어?"

잠시 멈칫거렸던 박병훈이 이내 악귀처럼 표정을 일그러 리며 소리쳤다.

"흥, 다 썩은 각목을 손에 쥐면 뭐가 달라질 것 같아?"

"그래, 달라질 거야. 그것도 아주 많이."

휘익.

내가 각목을 들어서 위에서 아래로 휘둘렀다.

이를 악물고 달려들던 박병훈은 본능적으로 팔을 들어서 각목을 막으려다가 움찔했다.

지난번에 내가 휘두른 나무 막대기를 막으려고 시도하다가 팔이 부러졌던 기억이 남아 있기 때문일 터.

박병훈이 머뭇거린 틈을 놓치지 않고 난 손에 들려 있던 각목을 휘둘렀다.

퍽.

어깨에 각목을 얻어맞은 박병훈이 엄청난 충격에 경악한 표정을 지은 채 바닥에 무릎을 꿇었다.

"크아악."

각목에 얻어맞은 어깨를 부여잡고 고통스러워하는 박병훈을 발견한 진상기를 비롯한 일행들이 깜짝 놀라서 다가왔다.

"너희도 엿 됐어."

남우철의 똘마니들은 겁도 법도 없었다.

한국대학교 교정에서 그것도 백주 대낮에 날 납치한 것이 그 증거였다.

그에 대한 대가를 톡톡히 치르게 만들어 주겠다고 결심한 내가 각목을 쥔 손에 힘을 더했을 때였다.

와아아앙.

요란한 엔진음과 함께 승용차 한 대가 폐공장 앞으로 다가왔다.

끼이이익.

대치하고 있는 나와 진상기 일행의 사이에 차량이 멈춰 섰다.

"쿨럭, 쿨럭. 시발, 이건 또 뭐야?"

진상기가 차량으로 인해 일어난 먼지로 인해 눈살을 찌푸렸을 때, 운전석 문이 열리고 한 남자가 내렸다.

*　　　*　　　*

'선배님?'

딱딱하게 굳어진 표정으로 급정거한 승용차에서 내린 것은 이청솔이었다. 그리고 그가 이곳에 나타날 것이라고는 예상치 못했던 내가 놀랐을 때였다.

"후배, 괜찮… 안 괜찮네."

입술이 터지고, 군데군데 옷이 찢어져 있는 내 모습을 확인한 이청솔이 표정을 더욱 딱딱하게 굳힌 채 고개를 돌렸다.

"서부지검 차장 검사 이청솔이다. 그리고 한국대 법학과 출신이지. 그런데… 감히 내 모교에서 내 후배를 납치해?"

"……."

"……."

서부지검 차장 검사라는 직책, 그리고 분노한 이청솔이 뿜

어내는 기세에 눌린 진상기 일행은 당황한 기색이 역력했다.

왜애앵, 왜애앵.

멀리서 들려오던 사이렌 소리가 가까워지기 시작한 순간, 이청솔이 진상기 일행을 노려본 후 내게 다가왔다.

"왜 내게 도움을 안 청했어?"

그런 그가 질책하듯 내게 물었다.

"별것 아닌 일이라 선배님께 연락 안 드렸습니다. 번거롭게 해 드리기 싫어서요."

"별것 아닌 일? 하아, 백주 대낮에 한국대학교 교정에서 한국대학교 학생, 그것도 내 직속 후배가 납치된 사건이 별게 아닌 일이야?"

"그냥 제 선에서 해결하려고……."

"그리고… 우리 사이가 이것밖에 안 돼?"

이청솔이 서운한 기색을 감추지 않고 드러냈다.

"제 생각이 짧았습니다."

내가 사과하고 나서야 이청솔의 굳은 표정이 풀렸다.

"앞으로는 무슨 일 있으면 무조건 연락……."

이청솔의 이야기를 듣던 내가 각목을 고쳐 쥐었다.

진상기 일행이 달려드는 것을 발견했기 때문이었다.

퍽, 퍽, 퍽, 퍼억.

지체 없이 허공을 가른 각목이 진상기 일행의 급소를 잇따라 가격한다.

"큭!"

"크흑."

바닥에 쓰러진 후 다시 일어나지 못하고 있는 진상기 일행을 무심한 눈길로 내려다보며 내가 입을 뗐다.

"현직 차장 검사를 상대로 린치를 가하려는 걸 보니 진짜 겁대가리를 상실한 놈들이네요."

이청솔은 놀라서 입을 쩍 벌리고 있었다.

그런 그가 한참 만에 물었다.

"왜 맞았어?"

"네?"

"싸움도 잘하면서 대체 왜 맞았냐고?"

"진단서 끊고 확실히 보내 주려고 그랬습니다."

"그래서 일부러 맞았다?"

"네."

"후배도… 참 독한 면이 있군."

절레절레 고개를 내젓는 이청솔에게 내가 덧붙였다.

"먼저 날 건드리는 놈은 절대 용서하지 않는 주의라서요. 그리고… 학사 경고는 피해야 할 것 같아서요."

"응?"

"그런 게 있습니다."

내가 씨익 웃으며 덧붙인 후, 휴대 전화를 꺼냈다.

"명청건설 남기홍 회장의 아들인 남우철, 기억하시죠?"

"물론 기억하지."

"그놈이 지시한 겁니다."

"확실해?"

"남우철이 지시했다고 자백하는 것을 녹음해 뒀습니다. 그러니까 남우철이 집행 유예로 못 나오게 해 주십시오."

"당연히 그렇게 만들어야지."

이청솔이 이를 바드득 갈 때, 경찰차들이 현장에 도착했다.

＊　　　　＊　　　　＊

명청건설 본사 사옥.

대표 이사실에서 남기홍이 느긋하게 담배를 피우고 있을 때, 벌컥 문이 열리고 정대욱 이사가 뛰어들어 왔다.

"대표님, 큰일 났습니다."

"무슨 일인데 그리 호들갑이야?"

"검찰 수사관들이 우르르 몰려왔습니다."

남기홍이 깜짝 놀라서 검지와 중지 사이에 끼우고 있던 담배를 떨어트렸다.

"나가!"

"네?"

"일단 나가서 시간 좀 끌라고."

"알겠습니다."

정대욱에게 압수 수색을 하기 위해서 찾아온 검찰 수사관들을 상대로 시간을 끌라는 지시를 내린 남기홍이 서둘러 휴대 전화를 집어 들었다.

"이 새끼가 지금 뭐 하자는 거야?"

예고도 없이 검찰 수사관들이 들이닥친 것.

전면전을 선언한 것이나 마찬가지였다.

잠시 후, 남기홍이 배민수에게 전화를 걸었다.

─여보세요?

"배 청장, 왜 검찰 수사관들이 회사로 몰려온 건가?"

남기홍이 언짢은 기색을 감추지 못한 채 언성을 높이자, 배민수도 상기된 목소리로 대답했다.

─선을 넘으셨으니까요.

"선을 넘다니? 내가 무슨 선을 넘었다는 건가?"

─제가 존경하는 선배님을 공격한 것, 그냥 참고 넘길 수 없습니다.

남기홍이 당황했다.

지금 배민수가 하는 말을 제대로 알아듣기 힘들어서였다.

"뭔가 오해가 있는 것 같은데……."

─모르셨습니까?

"대체 무슨 말을 하는 거야? 좀 알아듣게 말해 봐."

─서진우 기억하시죠?

'서진우?'

남기홍이 곧 서진우에 대한 기억을 떠올리는 데 성공했을 때였다.

―남우철이가 동기와 후배들에게 서진우를 납치하란 지시를 했습니다. 서부지검 이청솔 차장 검사님이 그 계획을 알아채고 서진우를 구하기 위해서 나섰는데 그 과정에서 남우철의 지시를 받은 놈들이 감히 제 선배인 이청솔 차장 검사님까지 공격했습니다. 현직 검사, 그것도 무려 차장 검사를 해치려고 했다는 뜻입니다. 이제 제가 무슨 이야기를 하는지 알아들었습니까?

남기홍의 낯빛이 창백하게 질렸다.

끝을 알 수 없는 늪으로 빨려 들어가는 느낌이 들며 남기홍의 호흡이 가빠졌다.

'이런 멍청한 새끼!'

이미 합의를 봤고, 전관예우를 받을 수 있는 변호사에게 사건 수임을 맡긴 후였다.

얌전히 기다리고만 있으면 조용히 사건이 마무리되는 것이었는데.

남우철은 그새를 못 참고 대형 사고를 친 셈이었다.

"배 정상."

―말씀하시죠.

"이번 한 번만… 넘어가 주면 안 되겠나?"

사정조로 부탁했지만, 배민수의 목소리는 단호했다.

─이번에는 힘들겠습니다.

"하지만……."

─회장님의 자식 아닙니까? 자식이 잘못을 했으면, 부모가 연대 책임을 지는 게 맞다고 생각합니다.

"배 청장."

─남우철은 납치를 지시했고, 겁대가리 없이 제 직속 선배님에게 위해를 가하려고 했으니 아마 오랫동안 세상 구경을 못 하게 될 겁니다. 그리고 명청건설 수사는 횡령과 배임 선에서 끝나지 않을 겁니다. 얼마 전에 명청건설에서 근무하던 김진규 부장이 죽었었죠? 도박에 빠져서 도박 빚을 갚기 위해서 공금을 횡령했다가 그 사실을 들키자 자살했다. 이게 명청건설 측의 공식 발표였는데, 제가 좀 파 보니까 자살이 아니더군요. 내부 고발자인 김진규 부장의 입을 막기 위한 자살로 가장한 타살일 가능성이 높다던… 제가 이 사건 끝까지 팔 테니까 미리 준비하시는 게 좋을 겁니다. 그럼 압수 수색에 협조 부탁드립니다.

배민수가 먼저 전화를 끊었음에도 남기홍은 귀에 대고 있던 휴대 전화를 내리지 못했다.

'끝났다.'

절대 적으로 돌려서는 안 될 것이 검찰이었다.

그런데 검찰의 적이 되어 표적 수사를 당하게 되었으니, 명청건설은 회생 불능의 심각한 타격을 입을 가능성이 컸다.

"멍청한 자식!"

남기홍이 분을 참지 못하고 휴대 전화를 거칠게 집어 던졌다.

＊　　　　＊　　　　＊

송지희의 본가는 대전이었다.

원래 서울에서 자취하며 대학에 다니던 송지희는 이번 일로 인해 큰 충격을 받아서 휴학하고 본가인 대전으로 내려가 있었다.

각그랜저를 몰고 대전으로 내려간 내가 그녀의 본가 근처 커피 전문점에서 기다리고 있을 때, 검정색 야구 모자를 깊숙이 눌러쓴 송지희가 들어섰다.

"오랜만입니다."

"네."

짧막한 인사를 건네는 사이 살펴본 송지희는 긴장한 기색이 역력했다.

"합의는 하셨나요?"

"네, 했습니다."

"잘하셨습니다."

"처음에는 합의한 것을 후회했는데, 좋아하시는 아빠 보니까 잘한 일 같아요. 실은 아빠 사업이 요즘 많이 어려워지셨거든요."

송지희가 말을 마친 후 내게 의아한 시선을 던졌다.

"그런데 무슨 일 때문에 대전까지 내려오셨어요?"

"궁금해하실 것 같아서요."

"네?"

"그놈들이 충분한 죗값을 치르게 만들겠다고 제가 약속했던 것을 과연 지켰는가? 이걸 궁금해하실 것 같아서 찾아왔습니다."

"그것 때문이라면 굳이 여기까지 찾아오시지 않아도……."

"원래는 전화로 말씀드리려고 했는데 도중에 마음을 바꿨습니다. 직접 만나서 드리고 싶은 말씀이 있거든요."

내가 커피를 한 모금 마신 후, 다시 이야기를 이었다.

"우선 그때 송지희 씨에게 드렸던 약속은 지켰습니다. 그놈들은 한동안 세상 구경을 못 할 겁니다."

납치와 납치 교사, 폭행, 거기다가 현직 차장 검사에게까지 위해를 가하려고 시도했던 상황.

남우철과 박병훈이 이번에 저지른 죄는 중했다.

절대 가벼운 처벌이 내려지지 않을 것이었다.

"여러모로… 정말 감사합니다."

남우철과 박병훈이 죗값을 톡톡히 치르게 될 거란 이야기를 들은 송지희의 표정에 안도감이 서렸다.

그 모습을 확인한 내가 다시 입을 뗐다.

"그리고 제가 송지희 씨에게 꼭 드리고 싶은 말은… 자책하지 말라는 겁니다."

"네?"

"송지희 씨의 잘못이 아니니까요."

이런 사건이 발생한 경우, 사람들은 피해자를 탓한다.

"괜히 그런 일을 당했겠느냐?"

"네가 어떤 빌미를 주었으니까 이런 험한 일을 당한 것 아니냐?"

"그러게 누가 허벅지가 훤히 드러나는 짧은 치마를 입고 다니라고 했느냐?"

피해자에게 책임을 전가하는 이야기들을 계속 듣다 보면 피해자임에도 스스로 자책하며 죄책감을 느낀다.

하지만 이것은 피해자의 탓이 아니다.

어디까지나 가해자의 일방적인 잘못이다.

"흑흑."

내 말이 끝나자, 송지희가 오열하기 시작한다.

그간 그녀가 겪었을 숱한 마음고생이 느껴져서 안타까운 시선을 던지던 내가 다시 입을 열었다.

"교통사고… 같은 겁니다. 규정 속도와 교통 신호, 차선을 잘 지키면서 운전하더라도 음주를 한 운전자가 모는 역주행 차량과의 충돌은 피할 수 없습니다. 그렇지만 한 번 교통사고를 당했다고 해도 계속 운전을 하지 않고 살 수는 없습니다."

"……."

"그러니까… 조금만 더 쉬고 일상으로 복귀하세요."

내가 대전까지 직접 내려온 이유.

바로 이 이야기를 건네기 위함이다. 그리고 내가 송지희를 위해서 해 줄 수 있는 것은 여기까지다.

지난 상처를 딛고 일어나서 일상으로 복귀하는 것은 그녀의 몫이다.

"그럼 저 먼저 일어나겠습니다."

내가 인사하고 일어났을 때, 오열하던 송지희가 소매로 눈물을 닦으며 말했다.

"서진우 씨."

"네."

"평생 잊지 않겠습니다."

'잘한 일이다.'

진심이 담긴 감사 인사를 듣는 순간, 송지희를 만나기 위해서 대전까지 찾아오길 잘했다는 생각이 들었다. 그리고 각그랜저에 올라타고 시동을 막 걸려고 했을 때였다.

―선행 포인트를 획득하셨습니다.

눈앞에 떠오른 메시지.

"이건… 또 뭐야?"

낯선 메시지를 확인한 내가 당황했을 때였다.

―10포인트가 주어집니다.

"하아, 불친절한 건 여전하네."

뒤이어 떠오른 메시지를 확인한 후 든 생각이었다.

선행 포인트가 무엇인지에 대한 설명도, 내가 얻은 10포인트의 선행 포인트로 무엇을 할 수 있는가에 대한 설명도 없었기 때문이었다.

"갑자기 선행 포인트가 주어진 이유가 무엇일까?"

난 일단 선행 포인트가 주어진 이유에 대해서 고민해 보았다. 그리고 고민에 대한 답을 찾는 데는 그리 오랜 시간이 걸리지 않았다.

"송지희에게 도움을 줬기 때문이야."

만약 내가 나서지 않았다면?

이번 사건은 성폭행 미수에게 그치지 않았을 것이었다.

난 송지희가 성폭행을 당하는 것을 막아 냈을 뿐만 아니라, 후속 조치를 하는 과정에서도 성심을 다해 그녀를 도왔다.

그래서 선행 포인트가 주어진 거라고 판단했던 내가 고개를 갸웃했다.

"그럼 이강희는?"

내가 도움을 준 것은 송지희만이 아니었다.

정종수 대표에게 제대로 약점이 잡혔던 이강희에게도 도움을 줬었다.

하지만 그때는 내게 선행 포인트가 주어지지 않았었다.

"뭐가… 다른 거지?"

이런 차이가 발생한 데는 어떤 이유가 있을 터.

그래서 다시 한참을 고민한 끝에 난 답을 찾아내는 데 성공했다.

"내가 이득을 보느냐 여부가 차이점이야."

이강희는 '블루윈드' 소속 배우, 그리고 난 '블루윈드' 최대 지분 보유자였다.

이강희가 곤경을 벗어나서 다시 배우로서 재기한 것.

분명히 내게도 이득이 있었다.

반면 송지희는 달랐다.

송지희를 돕는다고 해서 내가 얻을 수 있는 이득은 없었으니까.

이런 차이가 선행 포인트를 발생시킨 이유라고 확신하며 희미한 웃음을 머금었다.

"선행 포인트로 뭘 할 수 있는지는 몰라도… 일단 기분은 좋네."

부르릉.

시동을 건 내가 서울로 출발했다.

*   *   *

교양 수업인 '문화 콘텐츠의 변화와 이해' 강의실.

이태리가 강의실 뒤편에 앉아서 펜과 노트를 꺼내며 수업을 들을 준비를 하고 있을 때였다.

"고맙다."

서진우의 목소리가 들려왔다.

급히 고개를 돌린 이태리의 눈에 서진우가 들어왔다.

반가움도 잠시, 이태리가 걱정스러운 시선을 던졌다.

"너, 괜찮아?"

입술이 터지고 퉁퉁 부어 있는 서진우에게 묻자, 그가 씨익 웃으며 대답했다.

"덕분에 괜찮아."

"내가… 내가 얼마나 걱정했는지 알아? 만에 하나 네가 잘 못되면… 난 견디지 못하고 무너져 버렸을 거야."

'여전하네.'

순정 만화 여주인공에게나 어울릴 법한 대사를 다짜고짜 던지고 있는 이태리에게 내가 말했다.

"다들 잘 살더라."

"……?"

"죽은 사람만 억울하지, 산 사람은 어떻게든 잘 살아가더라고."

"어떻게 그런 무서운 말을 할 수 있어?"

"무서운 말이 아냐. 사람은 누구나 죽는 법이니까."

이미 난 한 차례 죽음 직전의 상황까지 경험해 봤었다.

그래서 담담한 목소리로 대꾸하자, 이태리가 못마땅한 표정으로 물었다.

"머리 다쳤어?"

"머리는 안 다쳤다."

"아직 몸도 다 낫지 않은 것 같은데 집에서 쉴 것이지 학교는 왜 나왔어?"

"수업은 들어야지."

내가 대답하자, 이태리가 황당하단 시선을 던진다.

"와아, 이렇게 학구열이 대단하신 분인지는 미처 몰랐네. 평소에는 수업에 잘 들어오지도 않더니."

"그럴 만한 사정이 있었어."

"아, 됐고. 그냥 집에 가서 쉬어. 여기 앉아 있어 봐야 소용 없으니까. 출석 미달로 너 어차피 F 학점이야."

"아직 몰라."

"뭘 몰라? 출석 미달이면 무조건 F 학점인데."

"두고 봐. F 학점 안 맞을 테니까."

내가 씩 웃으며 대답했다.

"먼저 날 건드리는 놈은 절대 용서하지 않는 주의라서요. 그리고… 학사 경고는 피해야 할 것 같아서요."

이청솔 앞에서 꺼냈던 이야기.

그냥 했던 빈말이 아니었다.

지금 상태라면 학사 경고가 유력했다.

명색이 작년 수능 유일한 만점자인데 학사 경고를 받는 것, 너무 쪽팔리지 않는가.

그래서 난 이번 납치 사건을 이용해서 학사 경고를 면할 계획을 세웠다.

'일타이피가 아니라… 일타삼피야.'

송지희는 거액의 합의금을 챙기고, 남우철은 가중 처벌을 받게 만드는 것이 원래 내가 세운 계획이었는데.

덤으로 학사 경고를 면하는 것도 가능해졌으니, 일타삼피라고 표현해도 과언이 아니었다.

"그래, 어디 두고 보자. 그런데 그거 모르지?"

"뭐?"

"이병훈 교수님, 엄청 깐깐하시고 원칙주의자라는 것."

*　　　　*　　　　*

이병훈이 강의실로 들어섰다.

'오늘따라 왜 이렇게 어수선해?'

교수인 자신이 들어섰음에도 불구하고, 강의실 내부는 여전히 어수선했다.

"수업 시작할 거야."

이병훈이 살짝 언성을 높이고 나서야 술렁이던 강의실이 조용해졌다.

그럼에도 불구하고 수강생들은 여전히 제대로 집중하지 못하고 있었다.

특히 여학생들이 자꾸 강의실 뒤편으로 시선을 던졌다.

'뭘 보는 거야?'

이병훈이 언짢은 기색으로 출석부를 펼쳤다.

"자, 출석부터 체크한다, 김수철."

"네."

"이재민."

"네."

꼼꼼하게 출석 체크를 하던 이병훈이 도중에 눈살을 찌푸렸다.

서진우의 이름 옆에 그어져 있는 줄이 보였기 때문이었다.

'오늘도 안 왔겠지.'

속으로 생각하며 이병훈이 이름을 불렀다.

"서진우."

"네."

예상과 달리 대답이 돌아온 순간, 이병훈이 그 방향으로 고개를 돌렸다.

"네가 서진우야?"

"그렇습니다."

"내 강의실에서 나가. 어차피 출석 미달이라 F거든."

　이병훈이 강의실에서 나가라고 명령했지만, 서진우는 일어나는 대신 항변했다.

"교수님, 제가 그동안 출석을 못 한 데는 나름의 사정이 있었습니다."

"무슨 사정이 있었단 거야?"

"납치 위협을 받았습니다."

"납치 위협?"

"실제로 납치를 당하기도 했고요."

　이병훈이 눈매를 가늘게 좁혔다.

　백주 대낮에 한국대학교 교정에서 학생이 납치됐던 사건.

　학교에서는 쉬쉬하고 있었지만, 한국대학교 교수인 이병훈이 그 사건에 대해서 모를 리 없었다.

"다행히 무사히 돌아왔군."

"운이 좋았습니다."

"그러니까 서진우 군은 납치 위협 때문에 그동안 내 수업에 출석하지 못했다고 주장하는 건가?"

"맞습니다. 정말 듣고 싶었던 수업인데 납치 위협을 받고 있었던 상황이라서 그동안 수업에 참석하지 못했던 것이 너무 아쉬웠습니다."

"법학과 학생이 문화 콘텐츠와 관련된 내 수업에 지대한 관심이 있다?"

"네, 문화 콘텐츠에 관심이 많습니다. 그래서 현재 콘텐츠 생산자로서 일하고 있습니다."

"무슨 일을 하고 있다는 것인가?"

이병훈이 흥미를 느끼며 질문하자, 서진우가 대답했다.

"영화 제작 일을 하고 있습니다."

'영화 제작사 세우고 명함 하나 팠나 보군.'

영화 제작업은 신고업.

누구라도 마음만 먹으면 손쉽게 영화 제작사를 세울 수 있단 사실을 이병훈이 모를 리 없었다. 그래서 서진우 역시 폼을 잡기 위해서 영화 제작사를 세우고 신고만 한 것이라 여겼는데.

"교수님, 진우가 제작해서 개봉한 영화도 있어요."

수강생 중 한 명인 이태리가 부연했다.

'제작을 마치고 개봉한 영화가 있다고?'

더욱 흥미를 느낀 이병훈이 물었다.

"어떤 영화인가?"

"'텔 미 에브리씽'이란 작품에 공동 제작자로 참여했습니다."

"서진우 군이 얼마 전에 개봉했던 '텔 미 에브리씽'이란 영화의 공동 제작자라고?"

이병훈이 깜짝 놀랐을 때였다.

"야, 각본도 썼다는 건 왜 말 안 해?"

'각본도 썼다고?'

대학 교수로 임용되기 전에 영화 평론가로도 활동했던 이병훈이었기에 '텔 미 에브리씽'이 아주 잘 쓴 시나리오를 바탕으로 제작된 작품임을 알고 있었다.

"와, 끝내준다."

"무슨 신입생이 영화 제작을 해?"

"천재가 나타났다."

"난 도대체 지금까지 뭘 하고 살았던 거야?"

놀란 수강생들이 술렁이기 시작했다. 그렇지만 이병훈은 조용히 하라고 제지할 생각도 못 했다.

그 역시 무척 놀랐기 때문이었다.

"이렇게 하지."

잠시 후, 이병훈이 운을 뗐다.

"내가 몇 가지 질문을 던지겠네. 만약 서진우 군의 대답이 날 만족시킨다면, 출석 여부에 상관없이 A 학점을 주지. 단 대답이 마음에 들지 않으면 F 학점을 줄 것이고. 어떤가? 이 제안을 받아들이겠나?"

"네."

서진우가 잠시의 망설임도 없이 대답하는 것을 들은 이병훈이 첫 번째 질문을 던졌다.

"영화 제작자로서 자네가 생각하는 영화의 역할은 무엇인가?"

'수익을 거두는 거라고 답하겠지.'

첫 번째 질문을 던졌던 이병훈이 서진우에게서 돌아올 대답을 예측했다.

최근에 만났던 영화 제작자들에게 똑같은 질문을 던졌을 때, 열이면 열 돈을 버는 것이라고 대답했었다.

그래서 서진우의 대답도 다르지 않을 거라 예상했을 때였다.

"상업 영화를 제작하는 입장이니 흥행에서 완전히 자유로울 수는 없죠."

'역시.'

자신의 예상과 다르지 않은 대답을 꺼내는 서진우에게 이병훈이 실망했을 때였다.

"그래서 아마 예전의 저라면 수익을 거두는 것이라고 대답했을 겁니다."

"예전에는 그렇게 대답했을 거라고?"

"네."

"그럼 지금은 생각이 달라졌단 것인가?"

"그렇습니다."

"어떻게 달라졌는가?"

"지금은 수익을 거두는 것보다 메시지를 전달하는 것이 더 중요한 역할이라고 생각합니다."

"어떤 메시지를 전달한다는 건가?"

"사회 현안에 대한 메시지죠. 때로는 경제에 관한 메시지일 수도 있고, 또 때로는 정치에 관한 메시지일 수도 있을 겁니다. 하지만 어느 분야의 메시지인가보다 더 중요한 것은 시의성이라고 생각합니다. 어떤 현안에 대해서 가장 필요한 순간에 적절한 방향성을 제시하는 것은 무척 중요하니까요."

'이 자식, 뭐야?'

이병훈이 감탄을 금치 못했다.

—영화의 가장 중요한 역할은 메시지를 전달하는 것이다.

평론가로 활동할 당시, 이병훈이 강조했던 부분.

서진우 역시 한 편의 영화에는 메신저로서의 역할이 무척 중요하다고 대답했다. 그리고 거기서 끝이 아니었다.

한발 더 나아가 시의성을 언급했다.

'텔 미 에브리씽이란 작품의 공동 제작자로 참여했던 것, 그 냥 묻어갔던 것은 아니로군.'

서진우의 대답에 만족한 이병훈이 다시 입을 뗐다.

"두 번째 질문이네. 한국 영화계의 미래를 위해서 가장 중요한 것이 무엇이라고 생각하는가?"

'스크린 쿼터 사수.'

이병훈이 질문을 던진 후, 다시 답변을 예측했을 때였다.

"한국 영화는 현재 국내 시장에서 외화들의 공세에 밀리며 큰 어려움을 겪고 있습니다. 그래서 영화인들은 한국 영화 의무 상영 비율, 즉 스크린 쿼터 사수에 집착하고 있습니다. 하지만 제가 판단하기에 스크린 쿼터 사수에 집착하는 것은 악수입니다."

'또 내 예상과 다른 대답이다?'

이병훈이 재차 흥미를 느꼈을 때, 서진우의 답변이 이어졌다.

"편법을 동원해서 생존하는 것에는 한계가 있기 때문입니다. 결국 한국 영화가 외화의 공습을 이겨내고 생존하기 위해서는, 아니, 생존을 넘어 우위를 점하기 위해서는 경쟁력을 갖춰야 합니다. 그리고 경쟁력을 갖추기 위해서는 사람이 중요합니다."

"사람?"

"한국 영화의 패러다임을 바꿀 수 있는 것은 아이디어와 도전 정신인데 아이디어를 갖고 도전하는 것은 결국 사람이니까요. 그리고 경쟁력을 갖추게 된다면 한국 영화는 아시아를 넘어 세계 영화 시장에 당당히 진출할 수 있을 겁니다."

'패기가 마음에 드는군.'

서진우의 대답이 무척 마음에 든 이병훈이 흐릿한 웃음을 머금은 채 다시 입을 뗐다.

"자, 그럼 마지막 질문이네. 아까 한국 영화가 경쟁력을 갖추면 아시아 영화 시장을 넘어서 세계 영화 시장에서도 두각을 드러낼 거라고 전망했네. 그럼 다른 분야는 어떨까?"

"영화보다 더 빠를 겁니다."

"응?"

"아주 빠른 속도로 세계 시장에 진출해서 큰 주목을 받으며 대단한 성과를 낼 겁니다. 예를 들면 음악이나 게임 같은 분야죠."

"그렇게 판단한 근거는?"

"IT 기술의 발달입니다."

이병훈이 혀를 내밀어 바싹 마른 입술을 축였다.

'IT 기술의 발달로 인해 한국 문화의 세계 진출이 빨라질 것이다.'

자신이 갖고 있는 지론과 같은 의견.

그럼에도 불구하고 이병훈이 놀란 이유는 시기였다.

이병훈이 한 분야에서 평생을 공부하고 분석한 끝에 도출해 낸 전망을 신입생인 서진우가 하고 있다는 것.

놀라움을 넘어 충격적이었다.

"좀 더 자세히 말해 보게."

이병훈이 부탁하자, 서진우가 막힘없이 입을 열었다.

"IT 기술의 발달은 세계를 지금보다 더 가깝게 만들어 줄 겁니다. 음, 잘 와닿지 않을 수도 있으니, 예를 들어 설명드리겠습니다. 예전에 국도를 이용해서 서울에서 부산까지 갈 때는 꼬박 하루가 걸렸지만, 경부 고속 도로가 개설되고 난 후에는 서울에서 부산까지 가는 데 걸리는 시간이 반나절도 걸리지 않게 줄어든 것과 흡사합니다. 두메산골에 살고 있는 소녀가 기타를 연주하며 노래를 부른 영상이 IT 기술의 발달로 채 하루도 지나지 않아 자기 방 컴퓨터 앞에 앉아 있는 미국 사람들이 볼 수 있게 되는 세상이 온다면, 그만큼 한국 문화의 해외 진출도 쉬워지는 것이죠."

"그게… 과연 가능할까?"

"IT 기술은 빠르게 발전하고 있습니다. 그리고 빠르게 발전하는 IT 기술은 세상을 바꿔 놓을 겁니다. 그 변화의 중심에는 문화 콘텐츠가 있을 겁니다. 그래서 향후 문화 전쟁이 발발할 경우를 대비해서 미리 준비를 하는 것이 필수입니다."

짝짝짝.

서진우가 확신에 찬 목소리로 대답을 마친 순간 이병훈이 박수를 치면서 소리쳤다.

"나가!"

*　　　　*　　　　*

"나가!"

이병훈이 갑작스러운 축객령을 내린 것으로 인해 내가 살짝 당황했을 때, 그의 입가에 희미한 미소가 번졌다.

"나가고 싶으면 나가도 된다는 뜻이야."

"……?"

"자넨 내가 진행하는 이 수업에서 더 이상 배울 게 없으니까."

"그 말씀은……?"

"A 학점 주지."

내게 약속대로 A 학점을 주겠다고 이병훈이 선언했다.

비로소 말뜻을 이해했지만, 난 바로 일어나서 강의실을 빠져나가지 않았다.

그런 내게 이병훈이 의아한 시선을 던졌다.

"왜 나가지 않는 건가?"

"교수님께 드리고 싶은 질문이 하나 있습니다."

조금 전 이병훈과 질의응답을 가장한 토론을 하는 과정에서 난 감탄했다.

회귀자가 아님에도 불구하고 이병훈이 앞으로 다가올 미래에 대해서 정확히 예측하고 있었기 때문이었다.

그런 이병훈은 내가 갖지 못한 것을 두 가지나 더 갖고 있었다.

하나는 연륜, 나머지 하나는 전문성.

내가 회귀자라고는 하나, 영화 외의 분야에 대해서는 거의 문외한이나 다름없다.

반면 이병훈은 문화 전반에 대한 지식을 두루 갖추고 있었다.

'이병훈이라면 도움이 될 거야.'

그래서 난 이병훈에게 도움을 청하기로 결심한 것이었다.

"어떤 질문인가?"

"아시아 음반 시장, 아니, 세계 음반 시장에서도 통할 수 있을 정도로 대단한 잠재력을 갖춘 천재 소녀를 발견한 음반 제작자가 있습니다. 그런데 이 음반 제작자에게는 아직⋯⋯."

"잠깐."

"왜 그러십니까?"

"갑자기 그런 질문을 던지는 이유가 궁금해서. 혹시 영화 제작으로 모자라 음반 제작에도 뛰어들 생각인가?"

"뛰어들 준비를 하고 있습니다."

거짓말이다.

난 이미 JK미디어를 세우고 음반 제작업에 뛰어든 후였다.

그럼에도 불구하고 솔직히 밝히지 않은 이유.

날 감추기 위함이었다.

"영화 제작으로 모자라 음반 제작까지 준비하고 있다? 천재가 다르긴 다르구나."

"교수님이 놀라시는 것 보니까 진짜 천재가 맞나 봐."

"잘나서 좋으시겠네."

"좀 재수 없다."

수강생들 사이에 오가는 대화.

누구나 시기심과 질투심을 갖고 있다.

그리고 지금은 좀 재수 없다고 말하는 정도지만, 내 능력이 더 뛰어나다는 것을 알면 좀이 아니라 완전 재수 없다고 말할 터.

그럼 내 적이 늘어날 터였다.

난 그런 상황을 원치 않기에 날 감추려는 것이다.

"일단 알겠네. 계속해 보게."

"대단한 잠재력을 갖춘 천재 소녀를 발견했지만, 이 음반 제작자에게는 아직 충분한 인프라와 노하우가 갖춰져 있지 않습니다. 그래서 천재 소녀에게 필요한 지원을 충분히 해 주지 못합니다. 부족한 인프라와 노하우를 갖추는 데는 시간이 걸릴 것이고, 자연스레 천재 소녀의 데뷔도 늦춰질 겁니다."

"그렇겠지."

"제가 드리고 싶은 질문은 천재 소녀를 놓치지 않은 채 데뷔를 늦추는 편이 맞느냐? 아니면, 이미 충분한 인프라와 노하우를 갖추고 있는 거대 음반 제작사에 이 천재 소녀를 넘겨주는 것이 맞느냐입니다. 충분한 인프라와 노하우를 갖춘 거대 음반 제작사의 예를 들면 CM엔터테인먼트입니다."

이병훈은 바로 대답을 꺼내지 않았다.

팔짱을 낀 채 신중한 표정으로 한참을 고민한 후에 입을 뗐다.

"나라면⋯ 그 천재 소녀를 충분한 인프라와 노하우를 이미 갖추고 있는 거대 음반 제작사로 보낼 걸세."

"이유도 들을 수 있을까요?"

"자네 말대로라면 그 천재 소녀는 씨앗이네."

"씨앗… 요?"

"한국의 음악을 세계 시장에 알릴 수 있는 씨앗이지. 그래서 타이밍이 중요하네. 자네 말처럼 세상은 빠르게 변하고 있는데, 만약 데뷔가 늦어진다면? 그 씨앗이 제대로 크지 못하고 시들어 버릴 수도 있을 걸세."

'이거다.'

오랫동안 고민하던 부분에 대한 답을 얻는 데 성공한 순간, 난 이병훈에게 새삼스러운 시선을 던졌다.

'멘토이자 조력자.'

앞으로 고민이 생길 때마다 찾아와서 도움을 청할 수 있는 멘토가 생겼다는 생각이 든 내가 웃으며 인사했다.

"큰 도움이 됐습니다. 그리고… 전 이만 가 보겠습니다."

Chapter. 2

NEXT END 사무실.

서태민이 긴장한 표정으로 컴퓨터 앞에 앉았다.

"제발, 제발."

NEXT END에서 오랜 시간 공들여 오픈한 게임인 '바람의 세계'.

기존 텍스트 기반인 머드 게임의 한계를 뛰어넘기 위해서 그래픽에 공을 들인, 진화한 온라인 게임이 '바람의 세계'였다.

거액의 판권료를 지불하고 인기 만화인 '바람의 세계'를 원작으로 해서 세계관을 구축한 덕분에 스토리도 탄탄한 편이었고, 다중 접속 역할 수행 게임이라는 것도 기존의 게임들과는 차별화되는 요소였다.

온라인으로 연결된 다수 사용자가 같은 공간에서 게임 속 등장인물의 역할을 하는 형식인 만큼 '바람의 세계'에서 가장 중요한 것은 동시 접속자 수였다.

그래서 서태민이 '바람의 세계'에 접속하자마자 제일 먼저 확인한 것도 동시 접속자 수. 그러나.

"스물… 일곱 명?"

현재 '바람의 세계'라는 게임을 하고 있는 동시 접속자들의 수를 확인한 서태민의 말문이 막혔다.

최소 수천 명 이상의 유저들이 동시 접속해서 '바람의 세계'를 즐기는 것을 기대했는데.

헛된 기대에 불과했다.

'바람의 세계'의 동시 접속자 수가 자신을 포함해서 27명에 불과하다는 사실을 확인한 서태민의 표정이 어두워졌다.

"망했다."

수많은 밤을 하얗게 지새우며 공들여서 만든 '바람의 세계'가 최악의 성적표를 받았다.

"뭐가 문제일까?"

등 뒤에서 들려오는 목소리를 듣고서 서태민이 흠칫 놀랐다.

자신의 등 뒤에 우두커니 서서 '바람의 세계'의 동시 접속자 수를 확인하고 있는 것은 김창주.

그는 게임 개발사 NEXT END의 대표로 그 역시 '바람의 세계'의 동시 접속자 수가 27명에 불과하단 사실을 확인하며 실망한 기색을 보였다.

"그래픽? 세계관? 아니면, 유료 전환을 너무 서둘렀나?"

심각한 표정으로 팔짱을 낀 채 '바람의 세계'가 인기를 얻지 못하는 이유에 대해서 고민하는 김창주를 바라보던 서태민이 답답한 표정을 지었다.

"김 대표."

"혹시 서 팀장은 문제를 알아냈어?"

"응."

서태민이 대답하자, 김창주의 표정이 밝아졌다.

"서 팀장이 알아낸 문제점을 해결하면 다시 접속자 수가 늘어날 거야."

장밋빛 전망을 내놓는 김창주에게 서태민이 고개를 흔들며 대답했다.

"그럴 확률은 낮아."

"왜? 해결이 어려운 문제야?"

"그래."

"그 문제가 대체 뭔데?"

"자금."

서태민이 문제점을 알려 준 후 덧붙였다.

"이대로라면 유료 서비스로 전환한 후 첫 달 매출이 백만 원도 안 될 거야."

"……."

"수익도 아니고 매출이 백만 원도 안 된다고. 월세, 인건비, 서버 비용까지. 전혀 수지가 안 맞는 상황이라야. 이대로라면 도산이야."

서태민이 부도 위기에 처한 NEXT END의 적나라한 현실에 대해서 알려 주었지만, 김창주는 여전히 모니터에서 시선을 떼지 못한 채 말했다.

"어떻게든 되겠지."

그 이야기를 들은 서태민이 한숨을 내쉬었다.

한국대 컴퓨터 공학과를 졸업하고, 키이스트 대학원을 나온 김창주는 분명 수재였다.

아니, 천재라는 표현이 더 어울렸다.

그렇지만 경제관념은 낙제점이었다.

회사 운영 문제보다 '바람의 세계'의 문제점을 찾는 데 더 관심을 드러내고 있는 것이 김창주가 경영인으로서는 문제가 있다는 증거.

"난 재밌는데… 왜 사람들이 좋아하지 않을까?"

혼잣말을 중얼거리는 김창주를 바라보던 서태민의 한숨이 깊어졌다.

*   *   *

중국 핀안 그룹 회장실.

핀안 그룹을 이끌고 있는 양신쥔이 상석을 리거창에게 양보한 채 고개를 숙였다.

'무슨 일로 방문한 거지?'

양신쥔의 등에 식은땀이 흥건히 고였다.

리거창은 중앙정법위 부서기.

공안과 사법을 담당하는 당내 실력자이자, 유력한 차기 주석 후보인 우방궈의 신임을 듬뿍 받고 있는 인물이었다.

중국 재계 서열 30위 안에 드는 핀안 그룹을 이끌고 있는 양신쥔이지만, 당에 밉보이는 순간 핀안 그룹은 공중분해 된다는 사실을 잘 알기에 잔뜩 긴장하고 있는 것이었다.

"회장님."

그때, 리거창이 보이차를 한 모금 마신 후 입을 뗐다.

"네."

"투자를 좀 했으면 합니다."

"당연히… 투자해야죠. 어디에 투자를 할까요?"

"SC SOFT라는 회사입니다."

'SC SOFT?'

양신쥔이 고개를 갸웃했다.

처음 들어 보는 회사명이었기 때문이었다.

"혹시 미국 회사입니까?"

"아닙니다. 한국의 회사입니다."

"한국… 요?"

"게임을 만드는 회사죠."

양신췐이 두 눈을 연신 깜박였다.

갑자기 이름도 들어 본 적 없는 한국 게임 회사에 투자하려는 리거창의 의중을 읽기 어려워서였다.

그렇지만 양신췐은 이내 의문을 털어 냈다.

리거창의 말은 중국 내에서 법이나 마찬가지였기 때문이었다.

"얼마나 투자할까요?"

"지분의 99%를 확보했으면 합니다. 하지만 투자금이 많이 필요하지는 않을 겁니다. 아직 제대로 자리를 잡지 못한 신생 회사이니까요."

"알겠습니다."

"단, 신중하게 움직여야 합니다."

"……?"

"가능하면 투자금이 중국 자본이라는 것이 드러나지 않았으면 합니다. 제 지시였다는 것은 더욱 드러나면 안 되고요."

'한국 기업을 이용하라는 거구나.'

재빨리 말뜻을 이해한 양신췐이 힘주어 대답했다.

"무슨 말씀이신지 알아들었습니다."

"잘 부탁드리겠습니다."

"맡겨 주십시오."

용건을 마친 리거창이 자리에서 일어섰다.

배웅하기 위해서 일어났던 양신췬이 결국 호기심을 이기지 못하고 조심스럽게 질문을 던졌다.

"SC SOFT라는 신생 게임 회사에 투자를 하시려는 이유를 알 수 있을까요?"

"모릅니다."

'나는 알 필요 없다는 뜻인가?'

양신췬이 추측했을 때, 리거창이 덧붙였다.

"나도 모른다는 뜻입니다."

"네?"

양신췬이 황당한 표정을 지었을 때, 리거창이 손가락을 위로 들어 올리며 덧붙였다.

"위에서 내려온 지시입니다."

*   *   *

'블루윈드'는 순항 중이었다.

이상희가 농영상 논란을 딛고 빠르게 재기에 성공한 후 강우식 감독의 차기작에 주연으로 합류해서 촬영하고 있었다. 그리고 논란을 겪는 과정에서 여전사 이미지를 구축한 이강희에게는 광고 섭외가 밀려들었다.

게다가 전우상과 이동제.

장차 대스타가 될 두 명의 배우들까지 영입에 성공했다.

JK미디어의 상황도 나쁘지 않았다.

인프라를 구축하는 데 시간이 더 걸리겠지만, '아시아의 별'이 될 조보안과 전속 계약을 맺었으니까.

그래서 어느 정도 여유가 생겼다고 판단했던 내 생각이 바뀐 계기는 이병훈 교수가 던진 말 때문이었다.

"타이밍이 중요하다."

난 이병훈 교수가 던진 충고를 되뇌었다.

모든 일에는 타이밍이 중요했다.

특히 급변하고 있는 문화 시장의 경우에는 더욱 그랬다.

지금까지는 회귀자인 내가 가진 미래 지식을 활용하면 충분히 성공하는 것이 가능하다고 판단했다.

하지만 지금은 생각이 또 달라졌다.

"나만 회귀자가 아니니까."

일반 회귀자들로 모자라 변종 회귀자까지.

세상에는 회귀자들이 많이 존재했다.

그들 역시 나처럼 미래가 어떻게 흘러가는가에 대한 지식을 갖고 있었고, 특히 변종 회귀자는 더욱 위협적이었다.

일본인 변종 회귀자인 이토 겐지에게 '아시아의 별'로 성장할 조보안을 뺏길 뻔했던 것이 그 증거였다.

"진짜 정신 바짝 차려야 해."

내가 막연히 짐작했던 것보다 상황이 더 심각했다. 그래서 재차 각오를 다진 내가 가장 먼저 찾아간 곳은 한국대학교 동아리들이 모여 있는 건물이었다.

"여기네."

백 투 더 퓨처.

영화 제목과 같은 이름을 가진 동아리 방을 찾아내는 데 성공한 후 크게 한숨을 내쉬었다.

내가 한국대학교에 입학한 이유 중 하나.

바로 백 투 더 퓨처라는 동아리에 가입할 자격을 얻기 위함이었다.

"진짜배기들이 모인 곳."

작게 혼잣말을 중얼거린 내가 문고리를 돌렸다.

＊　　　　　＊　　　　　＊

"내가 직접 경험해 본 일성그룹의 장점과 단점은 뚜렷해. 장점은 수익이 날 가능성이 있다고 판단하면 확실히 투자를 하면서 밀어준다는 것이고, 단점은 수익을 낼 가능성이 없다고 판단하면 빠르게 투자금을 회수하고 사업을 접어 버린다는 것이야. 기업 입장에서 수익이 날 가능성이 낮은 사업 분야에서 철수하는 것이 왜 단점이냐? 이렇게 반문할 수도 있지만, 내가 단점이라고 판단한 이유는 인내심이 너무 없기 때문이야."

'뭘 하고 있는 거지?'

내가 동아리 방으로 들어갔지만, 신경 쓰는 사람은 없었다.

은테 안경을 쓴 곱상한 외모의 남자가 화이트보드 앞에 서서 열정적으로 강의를 하고 있었고, 동아리 회원들이 집중해서 강의를 듣고 있었다.

빈자리를 발견한 내가 슬그머니 앉으며 동아리 회원들을 살폈다.

강의를 듣고 있는 인원은 총 다섯 명.

그중 한 명의 낯이 익었다.

파란색 트레이닝복을 입은 남자를 본 적이 있었다.

'정범준.'

물론 실제로 만났던 적은 없었다.

지난 생에 일개 영화 제작자에 불과했던 내가 만나기에는 그는 너무 거물.

뉴스와 기사를 통해서 몇 번 본 것이 다였다.

'까까오톡 개발자.'

비록 지금은 추레해 보이는 진청색 트레이닝복을 입고 앉아 있지만, 정범준은 향후 까까오톡을 개발해서 한국 IT 사업을 선도하는 거물이 되는 인물이었다.

그 사실을 알기에 내가 정범준에게서 시선을 떼지 못하고 있을 때, 은테 안경을 쓴 남자의 이야기가 이어졌다.

"쉽게 말해 스타트업을 하기에 일성그룹은 그리 좋은 선택지가 아니라는 뜻이야. 초기 투자를 받을 수 있다는 장점은 있지만, 빨리 성과를 만들어 내지 못하면 언제든지 사업을 접어 버리는 것, 분명히 큰 부담으로 다가오거든. 뭐, 나야 이미 일성그룹에 매여 버린 몸이지만, 우리 후배들은 나와 똑같은 선택을 했다가 후회하지 않길 바라는 노파심 때문에 이야기가 너무 길어졌네. 자, 오늘 내 이야기는 여기까지."

'누구지?'

강의 내용을 통해서 은테 안경을 쓰고 있는 남자가 한국대학교 재학생이 아니라 졸업생이라는 것은 알아챌 수 있었다. 그렇지만 남자의 정체에 대해서는 몰랐기에 내가 호기심을 품었을 때였다.

"해준 선배, 잘 들었습니다."

집중해서 강의를 듣던 여학생이 감사를 표했다.

'미인이네.'

단발머리 여학생에게 고개를 돌렸던 내가 두 눈을 빛냈다. 한국대학교에서 보기 드문 미인이었기 때문이었다.

잠시 그 여학생에게 시선을 빼앗겼던 내가 흠칫했다.

'아까 해준 선배라고 했었지? 가만, 해준이면… 설마 이해준?'

은테 안경을 쓴 남자에게 다시 고개를 돌린 내가 참지 못하고 물었다.

"혹시 이해준 선배이십니까?"

내가 질문하자, 은테 안경을 쓴 남자가 고개를 끄덕였다.

"맞아. 내가 이해준이긴 한데."

'헐, 진짜 이해준이었네.'

은테 안경을 쓴 이해준에게 내가 새삼스러운 시선을 던졌다.

포털 사이트 네이뷰의 창립자.

그가 바로 이해준이었기 때문이었다.

*　　　*　　　*

'이야, 괜히 한국대가 아니네.'

잠시 후 내가 감탄했다.

네이뷰와 까까오.

자산 규모가 5조가 넘어가는 대기업의 수장이 될 이해준과 정범준이 백 투 더 퓨처 동아리 소속이라는 것.

한국대학교의 위상을 알려 주는 증거였다.

"넌 누구지?"

그로 인해 내가 감탄하고 있을 때, 이해준이 날 빤히 바라보며 물었다.

"한국대 법학과 신입생 서진우라고 합니다."

"우리 동아리에 가입한 건가?"

"아닙니다."

"그럼 왜 여기……?"

이해준이 질문을 끝마치기 전이었다.

"혹시… 그 서진우야?"

단발머리 여대생이 대화 도중에 끼어들었다.

"그 서진우는 어떤 서진우입니까?"

"백마 탄 왕자 서진우."

픕.

푸웁.

단발머리 여대생이 대답한 순간, 그녀를 제외한 나머지 사람들이 일제히 음료수를 입 밖으로 내뿜었다.

'너무 노골적으로 비웃는 것 아냐?'

백마 탄 왕자라고 불리기에는 외모가 살짝 부족함을 나도 알고 있다. 하지만 이렇게 노골적으로 티를 내니 살짝 빈정이 상한다.

그렇지만 꾹 참고 내가 여기 찾아온 이유를 밝혔다,

"동아리에 가입하고 싶어서 찾아왔습니다.

"우리 동아리에 가입하고 싶다고?"

정범준이 당황한 표정을 지은 채 다시 물었다.

"컴공이 아니라 법대생이 우리 동아리에 가입하겠다? 너, 우리 동아리가 뭐 하는 곳인지 모르지? 이름이 그럴듯해서 그냥 들어온 것 아냐?"

"백 투 더 퓨처라는 동아리에 대해서 알고 찾아왔습니다."

"알면서도 찾아왔다고?"

정범준이 고개를 갸웃하며 다시 입을 뗐다.

"그럼 우리 동아리가 뭘 하는 곳인지 말해 봐."

그 지시를 받은 내가 대답했다.

"뜬구름 잡는 사람들이 모인 곳이죠."

네이뷰와 까까오.

2020년에는 한국 4차 산업의 중심에 서게 되는 기업들이었다.

하지만 그건 먼 훗날의 미래.

지금 여기 모여 있는 사람들이 관심을 갖고 추진하고 있는 것들은 일반인들이 보기에는 뜬구름 잡는 것이나 마찬가지였다.

그래서 내가 뜬구름 잡는 사람들이 모인 곳이라고 대답하자, 동아리 방 안에는 잠시 침묵이 흘렀다.

그 침묵을 깨트린 것은 뿔테 안경을 쓴 안색이 창백한 남자였다.

"아주 틀린 말은 아니네."

픽 웃으며 일어선 안색이 창백한 남자가 화이트보드 앞으로 다가갔다.

"내 차례지?"

"네? 네."

"그럼 시작한··· 아니다, 외부인도 있으니까 일단 내 소개부터 할게. 게임 제작사 NEXT END의 대표를 맡고 있는 김창주야."

'김창주?'

그 소개를 들은 내가 쾌재를 불렀다.

네이뷰의 창업자가 될 이해준, 까까오의 창업자가 될 정범준은 모두 백 투 더 퓨처 동아리 회원들이었다.

하지만 내가 진짜 만나고 싶었던 백 투 더 퓨처 동아리 회원은 바로 김창주였다.

'만나기 쉽지 않을 줄 알았는데.'

그러나 김창주는 이미 졸업생이었다.

해서 김창주를 만나는 데 앞으로 좀 더 시간이 걸릴 거라 예상했는데, 운 좋게 기회가 닿아서 예상보다 더 빨리 만나게 된 것이었다.

"만나서 반갑습니다."

기쁜 감정을 주체하지 못한 내가 김창주에게 인사했다

그런 내게 김창주가 의아한 시선을 던졌다.

"날··· 알아?"

*   *   *

"모두 아시다시피… 아, 그쪽은 모르겠군. 어쨌든 NEXT END의 첫 출시작인 '바람의 세계'를 개발할 때, 내가 가장 중점을 둔 것은 차별화였어."

'크으, 바람의 세계.'

방금 김창주가 언급한 '바람의 세계'는 명작 온라인 게임이었다.

지난 생의 나도 '바람의 게임'의 유저 중 한 명.

호동 왕자와 낙랑 공주의 사랑 이야기를 배경으로 한 탄탄한 세계관은 기존에 볼 수 없었던 속된 말로 띵작 게임이었다.

그래서 새삼 추억이 돋았을 때였다.

"텍스트 기반인 머드 게임의 한계를 뛰어넘자. 그래서 그래픽에 신경을 썼고, 동명의 만화 원작 작품을 판권을 주고 구입해서 세계관과 스토리를 탄탄하게 구축해 보려고 노력했지. 그리고 하나 더, 기존 게임에서는 없었던 동시 접속 시스템을 활용해서 서로 모르는 유저들이 함께 게임 내에서 플레이하는 것도 차별화 요소 중 하나였어."

게임 개발자 김창주의 의도는 제대로 먹혔다.

유저들은 기존의 게임과는 전혀 다른 '바람의 세계'의 세계관과 동시 접속 시스템에 신선함을 느끼며 열광했으니까.

'대박 성공 했지.'

내가 게임 마니아까지는 아니었던 탓에 정확한 숫자까지는 기억이 나지 않지만, '바람의 세계'는 10년 넘게 서비스를 하며 약 2,000만 명 정도의 누적 가입자 수를 기록한 엄청난 흥행 작 중 하나였다.

하지만 내 기억 속 대박 성공 한 게임인 '바람의 세계'의 개발자인 김정주의 표정은 밝지 않았다.

"나름 야심차게 도전했는데, 그 도전은 실패로 끝났어."

'실패로… 끝났다고?'

김창주가 한숨을 내쉬며 꺼낸 이야기를 들은 내가 당황했을 때였다.

"유료 서비스로 전환한 후, 일일 평균 접속자 수가 40명이 채 되지 않았어. 월 매출은 간신히 백만 원을 넘기는 수준이었으니까 분명한 실패지."

김창주가 '바람의 세계'가 실패작이라고 판단한 이유를 밝혔다.

'아직 초창기로구나.'

그 이야기를 들은 내가 고개를 끄덕였다.

엄청난 히트작인 '바람의 세계'도 초창기에는 어려움을 겪었다는 사실을 알고 있었기 때문이었다.

게임의 퀄리티 문제가 아니었다.

주변 환경 문제가 '바람의 세계'가 출시 후 초창기에 어려움을 겪었던 이유였다.

"처절한 실패를 경험한 후, 난 실패의 요인에 대한 분석을 시작했어. 그 분석 끝에 내가 찾은 답은 과유불급이었어."

"……?"

"……."

"지나친 것은 부족한 것만도 못한 법이거든. 기존 게임들과 차별화를 시키겠다는 내 욕심이 너무 과해서 기존 게임에 익숙해진 유저들이 '바람의 세계'에 적응하지 못한 것이 실패의 요인이라고 생각해."

김창주가 말을 마친 순간, 분위기는 숙연해졌다.

성공 스토리가 아닌 실패 스토리를 들었기 때문이었다.

그때, 내가 손을 번쩍 들며 입을 뗐다.

"제 생각은 좀 다른데요."

"어떻게 다르다는 거지?"

김창주가 서진우에게 못마땅한 시선을 던졌다.

'뭘 안다고 나서는 거지?'

일단 서진우는 백 투 더 퓨처 동아리의 회원이 아니었다.

게다가 컴퓨터 공학과 학생이 아니라 법학과 학생.

끼어들 타이밍이 아님에도 불구하고, 분위기 파악 못 하고 눈치 없이 끼어들었다는 생각에 언짢아진 것이었다.

그런 김창주의 속내도 알아채지 못한 채 서진우가 다시 입을 뗐다.

"제가 판단하는 '바람의 세계'의 첫 번째 실패 요인은 홍보

부족입니다.”

“홍보 부족?”

여전히 언짢은 표정으로 김창주가 바라보자 서진우가 말을 이었다.

“아까 선배님께서도 말씀하셨듯이 온라인 게임인 ‘바람의 세계’는 기존의 게임들과 여러 면에서 다릅니다. 그래서 기존 게임 유저들에게는 무척 낯설게 느껴지죠. 그럴수록 ‘바람의 세계’의 차별화 요소와 장점에 대해서 적극적으로 홍보를 했어야 하는데 그게 부족했습니다. 그래서 일단 유저들의 유입이 되지 않으니까 ‘바람의 세계’가 무척 재밌는 게임이라는 입소문도 나지 않는 겁니다.”

‘아주 틀린 지적은 아니네.’

김창주가 입맛을 쩝 다셨다.

하지만 개발을 마친 ‘바람의 세계’의 홍보를 적극적으로 하지 못한 것에는 나름의 이유가 존재했다.

바로 자금 부족이었다.

NEXT END의 자본금은 오천만 원.

투자를 받은 것이 아니었다.

김창주는 외가인 아버지에게서 빌린 돈으로 NEXT END를 세웠다. 그리고 게임을 개발하는 과정에서 자본금을 거의 소진한 터라, 홍보비를 책정하는 것이 불가능했다.

“두 번째 실패 요인은 유료 서비스로의 전환이 너무 빨랐다는 점입니다. 홍보가 부족했던 터라 무료 서비스를 할 당시에도 '바람의 세계'의 동시 접속자 수는 많지 않았습니다. 차라리 무료 서비스를 더 오래 진행하면서 게임 유저들의 유입을 더 늘린 후에 유료 서비스로 전환하는 전략을 쓰는 편이 더 나았을 겁니다."

'이것도… 틀린 지적은 아니군.'

김창주가 손으로 콧등을 문질렀다.

지금까지 김창주는 '바람의 세계'의 실패 요인을 내적인 부분에서만 찾았다. 그러나 서진우는 게임 내적인 부분이 아니라, 게임 외적인 부분에서 파고들며 실패의 요인들을 찾고 있었다.

'옳은 지적이지만… 문제는 역시 자금이야.'

NEXT END에서 '바람의 세계'의 유료 서비스 전환을 서둘렀던 이유.

수익이 나지 않는 상태로 더 버티기는 힘들어서였다.

그때, 서진우가 다시 입을 뗐다.

"세 번째이자 가장 결정적인 실패의 요인은 열악한 인터넷 환경을 비롯한 여러 환경적인 문제입니다. 현재 '바람의 세계'는 '천리안'이나 '하이텔' 등의 통신 서비스에서 서비스가 되고 있습니다. 모뎀을 사용해야만 '바람의 세계'에 접속할 수 있기 때문에 오랫동안 게임을 하다 보면 막대한 전화비를 내야 합니다. 게다가 인터넷 속도가 느린 데다가 사양이 낮은 PC에서

'바람의 세계'를 플레이 하다 보면 렉이 많이 걸립니다. 이런 점들이 게임 유저들을 '바람의 세계'에 쉽게 접근하지 못하게 만들었습니다."

'법학과가 아니라 경영학과 학생 같잖아.'

서진우를 바라보던 김창주의 표정이 바뀌었다.

'바람의 세계'가 실패에 대한 서진우의 분석이 무척 정확했기 때문이었다.

"열악한 인터넷 환경과 같은 요인들은 당장 해결할 수 없는 부분이야. 내가 어떻게 할 수 없는 부분이기도 하고. 결국 시간이 흘러야 해결될 수 있는 부분이지."

김창주가 변명하듯 말하자 서진우도 동의했다.

"저도 선배님과 같은 생각입니다."

"문제는 그때까지 버틸 여력이 없다는 거지."

결국 문제는 자금.

그래서 NEXT END가 더 버틸 수 없는 막다른 상황에 다다랐다는 사실을 알려 준 순간이었다.

"제가 투자하겠습니다."

서진우가 투자를 제안했다.

"신입생인 자네가 NEXT END에 투자를 하겠다?"

"네."

"투자를 하려는 이유는?"

"'바람의 세계'는 무척 잘 만든 게임이니까요."

"……?"

"열악한 환경적 요인들이 개선될 때까지 버티면서 '바람의 세계'가 재밌는 게임이라는 입소문만 퍼진다면 충분히 흥행할 수 있을 거란 확신이 있습니다."

서진우가 힘주어 대답했다.

그렇지만 김창주는 고개를 내저었다.

"내가 개발한 '바람의 세계'를 좋게 평가해 준 것도, 또 다 망해 가는 회사에 투자를 하겠다는 제안을 해 준 것도 무척 고마워. 그렇지만… 너무 늦었어."

"왜 너무 늦었다는 겁니까?"

김창주가 대답했다.

"이미 회사가 매각됐거든."

*　　　　*　　　　*

'NEXT END가… 매각됐다고?'

난 당혹스러움을 감추지 못했다.

내 기억 속 NEXT END는 '바람의 세계'의 성공으로 게임업계에 안착한 후, '파이터 인 던전'과 '메이플 라이프', '카트 라이더스' 등을 연달아 성공시키며 국내 최고의 게임 제작 업체로 자리매김했다.

그런 NEXT END의 수장이 바로 지금 눈앞에 서 있는 김창주였고.

그런데 김창주는 NEXT END가 이미 매각됐다고 말했다.

그 말인즉슨 또 한 번 내 기억과 다른 방향으로 미래가 흘러간다는 증거였다.

'이토 겐지?'

그 사실을 깨달은 순간, 내가 가장 먼저 떠올린 것은 이토 겐지였다.

'변종 회귀자인 그가 이번 일에 또 끼어들면서 간섭한 게 아닐까?'

이런 생각이 퍼뜩 떠올라서였다.

'아직 확실한 건 없어.'

잠시 후, 내가 고개를 흔들었다.

이토 겐지는 히트 뮤직을 이용해서 조보안을 선점하려는 시도를 했다가 이미 경고와 페널티를 받은 상황.

그런 그가 또 다시 세상의 균형을 위협할 수 있는 이번 일에 끼어들었을 가능성은 낮다는 생각이 들어서였다.

'일단 NEXT END의 매각과 이토 겐지 사이에 연관이 있는가 여부를 확인하는 작업이 급선무야.'

내가 막 판단을 내렸을 때였다.

"왜 그래?"

김창주가 날 응시하며 물었다.

"NEXT END는 내 회사야."

"네?"

"그런데 NEXT END가 매각됐다는 소식을 듣고 왜 그렇게 충격받은 표정을 짓고 있는 거냐고?"

"그게……"

김창주의 입장에서는 충분히 이상하게 여길 수도 있는 부분이었다.

그래서 잠시 고민하던 내가 대답을 꺼냈다.

"좀 아쉬워서요?"

"그러니까 NEXT END를 매각했는데 왜 네가 아쉬워하는 거냐고?"

"'바람의 세계'를 좋아했던 한 명의 유저로서 아쉬운 겁니다."

"응?"

"회사가 매각되면서 선배님이 '바람의 세계'에서 손을 떼면 앞으로 업데이트에 차질이 생길 것 같다는 우려가 들거든요."

내 대답을 들은 김창주가 비로소 이해한 표정으로 입을 뗐다.

"극소수에 불과한 '바람의 세계'의 유저를 여기서 만나게 될 줄은 몰랐군. 우리 인연도 아주 얕지는 않은가 봐."

'아마 그럴 겁니다.'

내가 속으로 대답했을 때, 김창주가 말을 이었다.

"그리고 '바람의 세계' 업데이트 문제 때문이라면 걱정할 것

없어. NEXT END를 매입한 인수자가 실력이 있거든. 내가 인정하는 몇 안 되는 게임 개발자 중 한 명이야."

"그분이 대체 누굽니까?"

"김덕진. SC SOFT 대표야."

'김덕진이 NEXT END를 매입했다고?'

내가 두 눈을 동그랗게 떴다.

NEXT END가 매각됐다는 소식 못지않게 충격적인 소식이었기 때문이었다.

'대체 뭐가 어떻게 돌아가는 거야?'

내 머릿속이 뒤죽박죽으로 변했을 때, 김창주가 다시 입을 뗐다.

"어쨌든 내 입장에서는 NEXT END가 매각된 게 다행이야. 덕분에 재기할 수 있는 기회는 얻었으니까."

그 이야기를 들은 내가 속으로 코웃음을 쳤다.

'NEXT END를 매각한 것, 머잖아 땅을 치고 후회할 겁니다.'

＊　　　　＊　　　　＊

한국대학교 근처 호프집.

동아리 모임을 마치고 저녁 식사 겸 술자리를 갖던 도중, 이해준이 생맥주를 들며 건배 제안을 했다.

"자, 오늘 고생했어. 거국적으로 건배 한 번 하자."

그 제안을 듣자마자 모두 맥주잔을 높이 들어 올렸지만, 김창주는 예외였다.

반쯤 넋이 나간 표정으로 우두커니 앉아 있었다.

"김창주, 뭐 해?"

"네?"

"건배하자고."

"아, 선배님, 잠시 딴생각을 하느라 못 들었습니다. 죄송합니다."

채애앵.

마지막으로 김창주가 맥주잔을 들어 올리며 건배를 한 후, 이해준이 생맥주를 절반쯤 비우고 잔을 내려놓았다.

그런 그가 김창주를 걱정스레 바라보며 입을 열었다.

"우리 창주, 야심차게 준비했던 '바람의 세계'가 실패한 후유증이 크긴 큰가 보네."

"그건 아닙니다. 이미 털어 버렸으니까요."

"그럼 왜 그리 넋이 나가 있어?"

"아까 그 녀석이 한 말이 자꾸 귓가에 맴돌아서요."

"그 녀석이라면… 서진우?"

"네."

"그 녀석이 뭐라고 했었지?"

"두고두고 후회할 거라고 했습니다."

김창주가 생맥주를 입으로 가져가며 대답했다.

'확신에 차 있었어.'

NEXT END를 매각한 것을 두고두고 후회할 거라고 예언하던 서진우의 목소리가 확신에 차 있었기 때문에 계속 신경이 쓰이는 것이었다.

"선배님, 서진우를 어떻게 생각하십니까?"

잠시 후, 김창주가 묻자, 이해준이 지체 없이 대답했다.

"돌 플러스 아이."

"네?"

"돌아이라고. 우리 학교가 대한민국에서 제일 똑똑한 놈들이 모이는 곳이라고 알려져 있지만, 너도 다녀 봐서 알잖아? 돌아이들 천지라는 것. 내 생각엔 그 돌아이들 중 하나인 것 같아. 그러니까 그만 잊어버려."

이해준이 잊어버리라고 말했지만, 김창주는 서진우에 대한 생각을 머릿속에서 지워 버리지 못했다. 그리고 서진우에 대해서 이해준이 돌아이라고 평가한 것도 인정할 수 없었다.

서진우가 지목했던 '바람의 세계'의 실패 요인들.

모두 일리가 있고 정확했기 때문이었다.

'대체 정체가 뭐지?'

김창주가 테이블에 함께 앉아 있던 유승아에게 고개를 돌렸다.

공과 대학에는 여자가 드물다.

백 투 더 퓨처 동아리 멤버들도 대부분 남자들.

그래서 유승아는 홍일점이었지만, 남자들에게 둘러싸여 있는 게 익숙한 듯 편안한 표정이었다.

"승아야."

"네, 선배님."

"아까 동아리 방에서 서진우를 백마 탄 왕자라고 불렀었지? 서진우에 대해서 좀 아는 게 있는 것 같은데. 맞아?"

"저도 자세히는 몰라요. 그냥 떠도는 소문을 들은 게 다예요."

"그래?"

김창주가 살짝 실망한 기색으로 맥주잔을 들어 입으로 가져갔을 때였다.

"선배님은 왜 이렇게 서진우에게 신경 쓰시는 거예요?"

"음… 욕심이 생겼다고 표현하면 적당할 것 같네."

"어떤 욕심요?"

"같이 일해 보고 싶다는 욕심."

"네? 진심이세요?"

유승아는 손에 들고 있던 맥주잔을 놓칠 뻔했을 정도로 깜짝 놀란 표정이었다.

하지만 김창주는 빈말을 한 게 아니었다.

'나한테 꼭 필요한 인재.'

NEXT END의 창업 공신이라 할 수 있는 한국대학교 컴퓨터 공학과 동기와 후배들은 분명 실력이 있었다.

그래서 게임을 개발하고 제작하는 실력은 뛰어났지만, 경영에 대해서는 거의 문외한이나 다름없었다.

그리고 그것은 김창주도 마찬가지였다. 그래서 '바람의 세계'가 유료 서비스를 시작한 후 흥행에 참패했을 때, 실패의 요인을 게임 내부에서만 찾으려 했었다.

하지만 서진우는 전혀 다른 시각으로 '바람의 세계'가 실패한 원인을 분석했다.

김창주가 갖지 못한 능력과 시각.

또 한 번 실패를 반복하지 않기 위해 서진우 같은 인재의 도움이 필요하다는 생각을 품은 것이었다.

"진심… 이셨네요."

유승아는 눈치가 빨랐다.

조금 전 자신이 한 말이 농담이 아니라는 사실을 빠르게 캐치했다.

김창주가 가볍게 고개를 끄덕여 진심이었다는 것을 재차 확인해 준 순간, 유승아가 두 눈을 빛내며 말했다.

"제가 한번 알아봐 드릴까요?"

"응?"

"서진우 말이에요. 제가 알아봐 드릴게요."

"정말 그렇게 해 줄 수 있어?"

김창주가 반색한 채 묻자, 유승아가 배시시 웃으며 대답했다.

"사실 저도 좀 궁금했던 참이었거든요."

*   *   *

"마쯔비시 상사는 특이한 움직임이 없네. 일본에서도, 그리고 한국에서도."

채동욱이 직원이 작성한 보고서를 내게 건네며 꺼낸 이야기였다.

'이토 겐지가 움직인 것이 아니다.'

NEXT END의 매각에 이토 겐지가 움직이지 않았다는 사실을 확인한 순간, 내 머릿속이 복잡하게 헝클어졌다.

'하나씩, 하나씩.'

주문을 외듯 속으로 읊조린 후, 일단 건네받은 보고서를 살폈다.

'왜… 움직임이 없을까?'

잠시 후 내 머릿속에 떠오른 의문.

마쯔비시 상사의 대표인 이토 겐지는 지금까지 무척 공격적인 경영으로 뚜렷한 성과를 만들어 냈었다.

그런데 갑자기 마쯔비시 상사는 정중동의 행보를 보이고 있었다.

'시기가… 그때부터야.'

변종 회귀자가 세상의 균형을 해칠 수 있을 정도로 세상에 지나친 간섭을 해서 경고와 페널티를 받았다는 메시지가 눈앞에 떠올랐던 후, 이토 겐지가 이끄는 마쯔비시 상사의 경영 방식이 정중동으로 변했다.

'페널티 때문이 아닐까?'

그 이유가 페널티 때문이 아닐까 하는 짐작을 하며 내가 보고서를 넘겼다.

'로얄 인베스트먼트, 그리고… 핀안 그룹.'

SC SOFT에 투자한 것은 로얄 인베스트먼트, 그리고 로얄 인베스트먼트가 핀안 그룹과 연관이 있다는 보고서 내용을 확인한 후 채동욱에게 물었다.

"핀안 그룹은 어떤 기업입니까?"

"중국 기업이야. 회장은 양신쿼, 부동산과 의약품 관련 사업으로 부를 축적하며 빠르게 성장했지."

'양신쿼 회장.'

내가 그 이름을 속으로 되뇌었다.

로얄 인베스트먼트를 이용해서 SC SOFT에 투자를 했고 NEXT END의 매입을 추진한 장본인.

'어쩌면 양신쿼이 변종 회귀자가 아닐까?'

SC SOFT가 NEXT END를 흡수하면서 내가 알던 미래는 바뀌었다.

전 세계 게임 업계 판도가 뒤바뀔 정도로 대사건.

양신권 회장이 마침 SC SOFT에 투자한 것이 우연일 리 없었다.

　회귀자, 그것도 변종 회귀자라서 미래를 알고 있고, 그 미래를 바꾸려는 시도를 한 것이 틀림없다는 생각이 들었을 때였다.

　—변종 회귀자가 세상의 균형을 해칠 수 있을 정도로 지나친 간섭 행위를 한 탓에 경고와 페널티를 받았습니다.

　눈앞에 떠오른 메시지.

　'내 짐작이 맞았다.'

　이 메시지를 확인한 순간, 내 짐작이 맞다는 사실을 깨달았다.

　'또… 있었어.'

　양신권이라는 새로운 변종 회귀자의 존재가 내 가슴을 압박하면서 답답하게 만들었을 때였다.

　"서 대리."

　채동욱이 은근한 목소리로 날 불렀다.

　"대표님, 서 대리는 퇴직했습니다."

　"응? 허허, 역시 안 넘어가는군."

　채동욱이 웃으며 덧붙였다.

　"서 선생, SC SOFT에 대해 관심을 갖는 이유가 있나?"

빠르게 호칭을 변경한 채동욱이 SC SOFT에 관심을 드러 냈다.

내가 SC SOFT에 대해서 조사해 달라는 부탁을 받자마자, 본능적으로 돈 냄새를 맡았기 때문이리라.

"대표님, 게임 해 보신 적 있습니까?"

"게임? 오락실에서 하는 게임을 말하는 건가?"

"컴퓨터로 하는 게임 말입니다."

"해 본 적 없네."

"SC SOFT는 게임을 제작하는 회사입니다. 그리고 앞으로 게임 산업이 성장하면서 SC SOFT는 큰 수익을 거두게 될 겁니다."

"게임 산업이라고 했나?"

"네."

"너무 거창한 표현이 아닐까?"

채동욱은 게임 산업이라는 표현에 거부감을 드러냈다.

'해 본 적이 없으니까.'

그는 오락실에서 하는 게임만 생각하고 있었다. 그러니 게임 산업이 미래에 엄청난 규모로 성장한다는 내 말을 전혀 체 감하지 못했다.

'어쩔 수 없지.'

채동욱에게 조사를 부탁한 것에 대한 보답으로 미래에 게임 산업이 급성장할 거라는 팁을 알려 주었다.

그렇지만 팁을 줬음에도 거부하는 것까지는 어쩔 수 없었다.

"먼저 일어나겠습니다."

"벌써? 이따 술 한잔하지 않겠나?"

"죄송합니다. 급하게 처리해야 할 일이 있습니다."

"그럼 어쩔 수 없지."

아쉬운 기색을 감추지 않고 드러내는 채동욱에게 인사하고 나왔다.

"미래가 자꾸 변한다."

굳은 표정으로 혼잣말을 꺼낸 후 서둘러 걸음을 옮겼다

＊　　　　＊　　　　＊

"내 목표가… 부자가 되는 것은 아니다."

지난 생의 난 부자가 아니었다.

그렇지만 찢어질 정도로 가난한 삶을 살았던 것도 아니었다.

중산층에 살짝 못 미쳤던 정도.

운 좋게 회귀를 한 후, 기왕이면 부자가 되고 싶기는 했다. 그리고 난 이미 부자가 되겠다는 목표를 어느 정도 달성한 셈이었다.

"분당에 사 놓은 땅만으로도 삼대가 떵떵거리며 살 수 있을 정도니까."

부의 기준은 사람마다 다른 법.

그리고 내 기준에서는 백 퍼센트 만족까지는 아니지만 이 정도면 어느 정도 만족했다.

돈이 아주 많다고 해서 더 행복한 것은 아니었으니까.

"내 진짜 목표는 컬처 크리에이터가 되는 것이야."

컬처 크리에이터라는 꿈을 이루기 위해서 회귀한 후 아주 열심히 살았다.

JK미디어를 설립하고 조보안과 전속 계약을 맺은 것도 컬처 크리에이터라는 꿈을 이루기 위한 일환.

그런데…….

'과연 잘한 일인가?'

조보안이 CM엔터테인먼트 김천만 대표의 계약 제안을 뿌리치고 나와 계약한 것을 잘했냐고 물었을 때, 문득 들었던 생각이었다.

어쩌면 잘한 일이 아닐 수도 있다는 의심이 확신으로 변한 것은 내가 알고 있는 미래가 바뀌는 것을 확인한 후였다.

'이토 겐지, 그리고 아직 정체조차 확실히 파악하지 못한 중국의 변종 회귀자.'

그들은 회귀자로서 지식을 활용해서 미래를 바꾸려 하고

있었다. 그리고 그들이 바꾸려는 미래는 한국에 해가 되는 방향이었다.

조보안은 일본에서 거세게 타올랐던 한류 열풍의 씨앗.

이토 겐지는 그 씨앗을 선점해서 아예 한류 열풍이 일어나지 않게 만들 계획을 세우고 움직였다.

NEXT END는 최고의 게임 제작사 중 하나.

중국에서도 NEXT END가 개발한 게임들은 선풍적인 인기를 끌었다.

양신쿼 회장은 NEXT END를 매입해서 그런 일이 벌어지지 않도록 사전에 차단해 버린 셈이었다.

"싸우자."

몰랐다면 모를까.

변종 회귀자의 존재를, 그리고 그들이 대한민국에 해가 되고 자국에 유리한 방향으로 미래를 바꾸려는 시도를 한다는 사실을 알아챘는데 가만히 손을 놓고 있을 수는 없었다.

* * *

"서 이사, 무슨 일 있어?"

내가 일본과 중국의 변종 회귀자들과 맞서 싸우기로 결심을 굳혔을 때, 약속 장소인 커피 전문점으로 손진경 대표가 들어섰다.

"왜 그렇게 물으시는 겁니까?"

"서 이사 표정이 하도 심각해서."

"……?"

"가까이 다가가기 겁날 정도였다니까."

손진경이 대답한 후, 맞은편에 앉았다.

"회사가 망하는 건 아니지?"

"그건 아닙니다."

"그럼 됐다."

"그런데 무슨 일 때문에 만나자고 하신 겁니까?"

"김천만 대표 때문에."

"네?"

"실은 CM엔터테인먼트 김천만 대표에게서 연락이 왔어."

"김천만 대표가 왜 대표님에게 연락한 겁니까?"

"꼭 한번 만나고 싶대."

"무슨 일 때문에요?"

"나야 모르지. 서 이사가 무슨 일을 벌였기 때문에 만나자는 게 아닐까? 혹시 짐작 가는 것, 없어?"

짐작 가는 거야… 당연히 있었다.

'조보안 때문이야.'

조보안이 JK미디어와 전속 계약을 맺은 상황.

그리고 JK미디어의 대표 이사는 손진경이었다. 그래서 김천만이 손진경 대표에게 연락한 것이었고.

그것 외에는 달리 떠오르는 것이 없었기에 내가 말했다.

"한번 만나 보시죠."

"김천만 대표를 만나자고?"

"네, 만나는 데 돈 드는 것도 아니니까요."

이미 조보안은 JK미디어와 합법적으로 전속 계약을 맺은 상황.

김천만 대표가 CM엔터테인먼트로 조보안을 데려갈 수 있는 방법은 없었다.

그 사실을 알고 있음에도 불구하고, 김천만 대표가 만나기를 원하는 데는 어떤 이유가 있을 것이었다.

"무슨 제안을 할 것 같기는 한데… 정확히 어떤 제안을 하려는지는 직접 만나서 들어 보도록 하시죠."

*   *   *

낙성 빌딩.

논현에 위치한 빌딩 앞에 세단이 멈춰 섰다.

뒷좌석에서 내리자마자 손진경은 내게 불만을 표출했다.

"왜 여기서 만나기로 약속을 잡은 거야? 벌써 꿀리는 느낌이잖아."

그녀는 낙성 빌딩이 입점해 있는 CM엔터테인먼트 대표실에서 김천만과 만나기로 약속을 잡은 것을 내켜 하지 않았다.

그렇지만 내가 약속 장소를 하필 CM엔터테인먼트 대표실로 잡았던 데는 나름의 이유가 있었다.

"도착했으니 들어가시죠."

"그래도……."

"어서요."

내 재촉을 이기지 못하고 손진경 대표가 빌딩 쪽으로 걸음을 옮기기 시작했다.

그렇지만 그녀는 몇 걸음 떼지 못하고 다시 멈췄다.

수백 명의 교복 입은 여학생들이 낙성 빌딩 앞에 모여 있는 것을 발견했기 때문이었다.

"이 빌딩에 유명한 학원도 입점해 있어?"

"학원은 입점해 있지 않습니다."

"그럼 저 여학생들은 왜 여기 모여 있는 거야?"

"그룹 'COLD'의 열성 팬들입니다."

"그러니까 'COLD'를 보기 위해서 여기 모여 있다는 거야?"

"그렇습니다."

내가 맞다고 대답하자, 놀란 표정으로 여학생들을 바라보던 손진경이 다시 물었다.

"오늘 일요일이야?"

"금요일입니다."

"그런데 왜 쟤들은 학교를 안 간 거야?"

"아플 겁니다."

"멀쩡해 보이는데?"

"제 눈에도 멀쩡해 보입니다. 그렇지만 학교 선생님에게는 아프다고 말하고 여기 찾아와 있는 겁니다."

"조퇴까지 해서 여기에 찾아온 거다?"

끌끌 혀를 차며 여학생들에게 한심하단 시선을 던지던 손진경이 다시 물었다.

"그럼 오늘 팬 미팅이 열리는 거야?"

"아닙니다."

"아니라고?"

"네. 'COLD'는 오늘 지방 공연 행사가 있습니다."

"그럼 저 여학생들은 대체 왜 여기 모여 있는 건데?"

"'COLD'를 보려고요."

"하지만 아까 'COLD'는 지방 공연이 있다고……."

손진경이 말을 마치지 못하고 도중에 입을 다물었다.

"까악!"

"까아아, 오빠!"

"오빠들, 손 한 번만 흔들어 주세요!"

"사랑해요. 너무 사랑해요!"

"오빠, 저랑 결혼해요!"

소녀들이 엄청난 괴성을 내질렀기 때문이었다.

지하 주차장을 빠져나오는 검정색 밴을 둘러싼 채 괴성을 질렀지만, 이내 경비들에 의해 제지됐다. 그리고 검정색 밴이 떠나고 나자, 여학생들은 금세 뿔뿔이 흩어졌다.

"지금… 뭘 한 거야?"

"목적을 달성했죠."

내가 대답했지만, 손진경은 제대로 이해한 기색이 아니었다.

"무슨 목적을 달성했다는 거야?"

"'COLD' 멤버들을 보기 위해서 여기로 찾아온 목적 말입니다."

"언제 달성했는데?"

"아까 검정색 밴 안에 지방 공연 행사를 떠나는 'COLD' 멤버들이 타고 있었습니다."

"그러니까 밴 안에 타고 있는 'COLD' 멤버들의 얼굴을 잠깐 보기 위해서 조퇴까지 하고 여길 찾아왔단 뜻이야?"

"그렇습니다."

"진짜 한심하네."

손진경은 한심하다고 평가했다. 그렇지만 내 의견은 달랐다.

"열정이 있는 거죠."

"열성?"

"이제 팬덤의 위력을 좀 느끼셨습니까?"

"난 아직……."

손진경이 다시 입을 뗐지만, 더 듣지 않고 서둘러 걸음을 옮겼다.

조금 전 경비원에게 제지당하던 과정에서 밀려 바닥에 넘어진 후 아직 일어나지 못하는 교복 입은 여중생을 발견해서였다.

"괜찮니?"

"괜찮아요. 무릎이 조금 까진 것뿐이에요."

"약 발라야겠다."

"그 정도는……."

"그대로 뒀다가는 곪을 수도 있어. 그럼 예쁜 다리에 흉터가 남겠지. 그러니까 오, 아니, 아저씨 말대로 약국에 들러서 소독하고 약을 사서 발라."

"네."

"이거 받아."

내가 지갑에서 만 원짜리 세 장을 꺼내서 건네자, 여중생이 두 눈을 동그랗게 뜨고 바라보았다.

"이걸 왜 주시는 거예요?"

"약값."

"네?"

"그리고 밥도 사 먹어. 전주에서 올라오느라 아직 밥도 못먹을 것 아냐?"

내 말이 끝나자 여중생의 두 눈이 더욱 커졌다.

"제가 전주에 산다는 건 어떻게 알았어요?"

"교복 보고 알았지."

거짓말이다.

내가 여중생이 전주에 살고 있다는 것을 알고 있는 이유는 회귀자이기 때문이다.

'서윤하를 여기서 만날 줄이야.'

이건 나도 전혀 예상치 못했던 만남.

교복 상의에 붙은 명찰에 적혀 있는 서윤하라는 이름 세 글자를 바라보던 내 입이 귀에 걸렸다.

장차 '원더우먼스'의 리더가 될 서윤하를 이곳에서 우연히 만났으니까.

"진짜… 받아도 돼요?"

"물론이지."

"감사합니다."

서윤하가 망설임을 끝내고 내 손에 들려 있던 만 원권 지폐들을 받아 들었을 때, 내가 재빨리 명함을 꺼냈다.

"가수가 되고 싶으면 연락해."

"네?"

"아저씨, 이상한 사람 아니야. 음반 제작하는 사람이야."

"정말… 이네요."

내가 건넨 명함을 확인했음에도 서윤하는 의심을 거두지 않고 있었다.

'똑똑하네.'

그런 모습이 더욱 마음에 들어서 웃으며 덧붙였다.

"내가 왜 여기 온지 알아? 'COLD'라는 그룹을 발굴한 김천만 대표를 만나기 위해서야."

"진짜… 요?"

"그래. 아저씨가 김천만 대표와 친하거든."

서윤하의 신뢰를 얻기 위해서 난 김천만의 이름을 기꺼이 팔았다.

조금 죄책감이 들긴 했지만, 서윤하를 얻고 싶다는 욕심이 죄책감을 가볍게 눌렀다.

"감사합니다."

서윤하가 일어서며 내게 꾸벅 인사를 건넸다.

"약속해."

"뭘요?"

"가수가 되고 싶다는 확신이 생기면 아저씨에게 가장 먼저 연락하는 거야."

"네, 약속드릴게요."

서윤하가 다시 한번 고개를 꾸벅 숙이고 떠났다.

멀어지는 그녀의 뒷모습을 응시하는 내 곁으로 손진경이 다가왔다.

"서 이사, 방금 뭐 한 거야?"

"인재 영입을 위한 밑 작업을 좀 했습니다."

"인재 영입을 위한 밑 작업?"

"그런 게 있습니다."

회귀자가 아닌 손진경이 이해하기는 힘든 이야기.

그리고 마땅히 설명할 방법도 없었기에 내가 서둘러 화제를 돌렸다.

"약속 시간에 늦었습니다. 서두르시죠."

*　　　*　　　*

"대표님께서 기다리고 계십니다."

낙성 빌딩 로비로 들어서자, 비서로 보이는 여직원이 미리 대기하고 있었다.

"김천만 대표, 부자야?"

여직원의 안내를 받아서 낙성 빌딩 3층에 위치한 CM엔터테인먼트 대표실로 걸어가던 도중, 손진경이 작은 목소리로 물었다.

"부자죠."

"집이 원래 잘살아?"

"부모님은 시골에서 농사짓는 걸로 알고 있습니다. 자수성가했죠."

"자수성가했다고? 사업했어?"

"그렇습니다."

"무슨 사업을 했는데?"

"음반 제작업요."

"……?"

"'COLD'를 발굴해서 성공했죠."

"겨우 그룹 하나 발굴해서 빌딩의 두 개 층을 다 사용하는 게 가능해?"

"가능합니다. 머잖아 사옥도 세울걸요."

"사옥을 세울 정도로 돈을 많이 벌었다고?"

손진경은 놀란 표정을 감추지 못하고 있었다.

'목적을 초과 달성 했네.'

그녀가 놀라는 반응을 확인한 내가 희미한 미소를 머금었다.

김천만 대표와의 약속 장소를 CM엔터테인먼트 대표실로 정했던 데는 나름의 목적이 있었다.

첫 번째 목적은 손진경에게 팬덤의 위력을 느끼게 만드는 것, 두 번째 목적은 가수 한 명을 발굴해서 성공을 거두면 엄청난 수익을 거둘 수 있다는 사실을 깨닫게 만드는 것이었다.

손진경의 놀란 표정을 보아 하니, 그 두 가지 목적을 달성한 듯 보였다.

그런데 장차 '원더우먼스'의 리더가 될 서윤하까지 우연히 만나서 영입 제안까지 했으니, CM엔터테인먼트로 찾아온 목적을 초과 달성 한 셈이었다.

"도착했습니다."

잠시 후, 우리는 대표실로 들어섰다.

"처음 뵙겠습니다. 김천만입니다."

"JK미디어 대표 손진경이에요."

"JK미디어 이사 서진우입니다."

내가 소개를 마치자, 김천만의 두 눈에 호기심이 떠올랐다.

"이렇게 젊은데 이사시라고요?"

"나이는 중요하지 않다고 생각합니다. 중요한 건 능력, 그리고 잠재력이라고 생각합니다."

"……?"

"그래서 보안이를 JK미디어로 영입하는 결정을 내렸죠."

전속 계약을 맺으며 조보안을 JK미디어로 영입한 장본인이 바로 나라는 사실을 알아챈 김천만의 시선이 강렬해졌다.

"아티스트를 보는 안목이 탁월하시군요."

"칭찬으로 듣겠습니다."

"제 눈에도 조보안이라는 소녀는 스타가 될 자질이 보였습니다. 그래서 두 분을 뵙자고 청했습니다."

소파 상석에 앉아 있던 김천만이 다리를 꼬며 덧붙였다.

"오억 드리죠."

"……"

"……?"

"조보안을 CM엔터테인먼트로 보내 주시죠."

*   *   *

오억은 거액이었다.

그래서 JK미디어 측에서는 이 제안을 절대 거부할 수 없을 거라는 확신을 김천만은 갖고 있었다.

'예상대로군.'

손진경의 표정을 살피던 김천만의 입가로 미소가 번졌다.

그녀의 두 눈에 오억이라는 거금에 대한 욕심이 깃들어 있는 것을 발견했기 때문이었다.

"서 이사, 어떻게 해야 돼?"

그때 손진경이 입을 뗐다.

"그만 일어서시죠."

"응?"

"김천만 대표님 안목이 제 기대에 한참 못 미치거든요."

'아직 새파랗게 어린 놈이.'

김천만의 이마에 힘줄이 불거졌다.

서진우의 나이는 많이 쳐 줘야 20대 중반 정도.

그런데 자신에게 이런 평가를 내리는 것이 건방지게 느껴졌다.

성질 같아서는 네깟 어린놈이 뭘 안다고 지껄이냐고 소리를 지르고 싶었다.

하지만 김천만은 입술을 지그시 깨물며 꾹 참았다.

조보안을 꼭 CM엔터테인먼트로 영입하고 싶어서였다.

"그럼 서진우 이사님은 조보안의 가치를 어느 정도로 평가하십니까?"

김천만이 표정 관리에 애쓰며 질문했다.

"최소 백억입니다."

"백억… 요?"

"최소 백억이라고 평가합니다. 백억을 지불하고 조보안을 CM엔터테인먼트로 영입할 의향이 있으십니까?"

'이런 미친놈!'

김천만이 속으로 서진우를 욕하며 대답했다.

"물론 불가능합니다."

"그럴 줄 알았습니다."

서진우가 고개를 끄덕인 순간, 김천만이 작전을 바꿨다.

JK미디어의 이사에 불과한 서진우가 아니라 대표인 손진경을 공략하기로.

"손진경 대표님, 칠억 드리겠습니다."

"네?"

"아직 아무것도 보여 준 적 없는 조보안이란 초등학생과 전속 계약을 맺은 대가로 칠억을 버는 것, 크게 남는 장사 아닙니까?"

손진경이 바로 결정하지 못하고 망설였다.

'결국 수락할 거야.'

김천만이 확신을 갖고 기다리고 있을 때, 손진경이 마침내 입을 뗐다.

"분명히 크게 남는 장사이긴 한데… 저는 결정권이 없어요. 여기 있는 서 이사가 회사 운영 전반에 대한 전권을 갖고 있거든요."

"……."

"그리고 김 대표님이 방금 한 제안 덕분에 서 이사에 대한 제 신뢰가 더 깊어졌어요."

                *   *   *

난 김천만을 좋아하지 않는다.

그를 싫어하는 이유는 그가 아티스트들을 존중하지 않아서였다.

김천만은 CM엔터테인먼트 소속 아티스트들을 한 명의 사람이 아닌 돈을 벌기 위한 도구와 수단으로만 여겼다.

그래서일까.

CM엔터테인먼트와 아티스트들은 계약이 만료될 때마다 재계약 과정에서 파열음을 일으키면서 끝이 좋지 않았다.

"'COLD'의 전성기가 얼마나 갈까요?"

내가 묻자, 김천만 대표가 대답했다.

"최소 5년 이상은 최정상의 자리를 지킬 것이라고 예상합니다."

"제 판단은 다릅니다. 길어야 2년입니다. 그리고 5년 뒤에 'COLD'는 해체될 겁니다."

이건 팩트다.

팬들의 아쉬움을 뒤로하고 'COLD'는 5년 후 공식 해체하며 CM엔터테인먼트와 결별 수순을 밟았다.

"무슨 말도 안 되는 소리를……."

"정말 말도 안 되는 소리라고 생각하십니까?"

"……?"

"유행과 트렌드에 민감한 음반 제작자들은 'COLD'의 성공에 자극받아 비슷한 보이 그룹을 세상에 내놓을 준비를 하고 있을 겁니다. 이미 '식스 캐슬' 같은 경우 탄탄한 팬덤을 확보하면서 'COLD'의 대항마로 떠올랐죠. 그런 음반 제작자들이 한목소리로 외치는 것이 바로 타도 'COLD'입니다. 'COLD'를 무너트리기 위해서라면 무엇이든 하기 위해 혈안이 돼 있는 그들은 지금과 비교할 수 없을 정도로 좋은 조건을 'COLD' 멤버들에게 제시할 겁니다. 그럼 'COLD' 멤버들은 마음이 흔들릴 테고, 다음 수순은 뻔하죠. 'COLD'의 해체. 아직도 헛소리처럼 느껴지십니까?"

김천만의 표정이 딱딱하게 굳어져 있는 것을 확인하고 덧붙였다.

"CM엔터테인먼트는 지금부터 'COLD' 이후를 대비해야 합니다. 그 사실을 알기 때문에 김 대표님도 조보안에게 관심을 드러내고 있는 것 아닙니까?"

"… 맞습니다."

김천만이 짧은 침묵 끝에 인정한 순간, 난 기회를 놓치지 않고 다시 입을 뗐다.

"조길성 씨와 약속했습니다."

"조길성? 그게 누구입니까?"

"보안이의 아버지입니다. 보안이와 전속 계약을 맺을 당시, 조길성 씨에게 책임지고 보안이를 최고의 가수로 키워 내겠다고 약속했습니다. 저는 그 약속을 꼭 지키고 싶습니다. 그래서 김 대표님을 찾아온 겁니다."

"무슨 뜻입니까?"

"이미 아시겠지만, JK미디어는 신생 제작사입니다. 아직 충분한 인프라와 노하우를 갖추지 못했죠. 하지만 CM엔터테인먼트는 다릅니다. 최고의 보컬 트레이너, 안무가, 작곡가, 프로듀서, 그리고 음반 제작에 대한 노하우까지. JK미디어가 갖추지 못한 인프라를 CM엔터테인먼트는 갖추고 있죠. 저는 보안이가 최고의 인프라와 노하우를 갖춘 CM엔터테인먼트에서 최고의 가수로 성장할 수 있는 기회를 얻기를 원합니다."

"서 이사, 그게 무슨 말이야?"

내 이야기가 끝나기 무섭게 손진경이 당황한 표정으로 물었다.

반면 김천만은 반색하며 물었다.

"그 말은… 조보안을 CM엔터테인먼트에 넘기겠다는 겁니까?"

그 질문을 들은 내가 못마땅한 표정으로 김천만을 노려보며 지적했다.

"보안이가 물건입니까? CM엔터테인먼트로 넘기게?"

"그건……."

"이래서 보안이를 CM엔터테인먼트에 보내지 않으려는 겁니다."

"그럼… 어쩌자는 겁니까?"

"할 일을 나누도록 하시죠."

"어떻게 말입니까?"

"보안이의 노래와 안무 트레이닝을 CM엔터테인먼트에서 맡아 주십시오. 다른 부분은 저희 측에서 케어하겠습니다. 그리고 보안이의 활동으로 인해 발생한 수익은 5 대 5로 나누는 것으로 하시죠."

김천만은 바로 대답하지 않았다.

머릿속으로 분주히 주판알을 퉁기면서 이 제안을 받아들였을 때의 손익 계산을 따지고 있으리라.

'거절하지 못할 거야.'

그렇지만 난 김천만이 이 제안을 거절하지 못할 거란 확신이 있다.

그가 조보안의 스타성이 엄청나다는 것을 알고 있는 상황이기 때문이었다.

"좋습니다."

내 확신대로 김천만은 장고 끝에 제안을 수락했다.

여전히 지금 돌아가고 있는 상황을 파악하지 못해서 의아한 표정을 짓고 있던 손진경이 내게 작은 목소리로 물었다.

"서 이사, 이게 잘된 거야?"

"손해가 크긴 하지만… 달리 선택의 여지가 없습니다."

* * *

당수 초등학교 앞.

교문 앞에 서서 조보안을 기다리던 내가 한숨을 내쉬며 혼 잣말을 꺼냈다.

"손해 엄청나게 봤습니다."

최소 백억.

내가 김천만과 만나는 자리에서 언급했던 조보안의 잠재 가치였다. 그리고 난 잘 알고 있다.

조보안의 잠재 가치는 백억이 아니라 천억에 가깝다는

것을.

그런데 조보안을 이용해서 거둘 수 있는 수익을 JK미디어와 CM엔터테인먼트가 5 대 5로 나눠 갖기로 했으니, 무려 오백억 가까이 손해를 본 셈이었다.

그러니 어찌 속이 쓰리지 않을 수 있을까.

만약 손진경이 정확한 손해 금액을 알았다면, 나 못지않게 속이 쓰렸을 터.

손진경에게 정확한 손해 금액을 알려 주지 않았던 것은 그녀의 정신 건강을 위한 내 나름의 배려였다.

어쨌든 내가 막대한 손해를 감수한 것은 조보안의 데뷔를 늦출 수 없다고 판단했기 때문이었다.

그렇지만 한 가지 이유가 더 있었다.

'이토 겐지의 눈을 흐릴 필요가 있어.'

이토 겐지는 변종 회귀자가 확실한 상황.

그 역시 회귀자 감별 능력을 갖고 있었고, 그래서 내가 회귀자라는 사실까지는 간파한 후였다.

하지만 그 역시 아직 내가 일반 회귀자인지 변종 회귀자인가에 대한 확신은 갖지 못하고 있을 터.

그리고 조보안을 두고 그와 나의 의견은 엇갈렸다.

이토 겐지는 조보안이 CM엔터테인먼트에서 데뷔할 거라 예측했고, 난 그렇지 않을 거라고 예측했으니까.

'만약 내 예측이 빗나가고 이토 겐지의 예측이 적중한

다면?'

이토 겐지는 날 일반 회귀자라고 판단할 확률이 높았다. 그리고 그때는 나에 대한 경계도 느슨해질 터.

이것이 내가 노린 부분이었다.

"아저씨."

내 생각이 거기까지 미쳤을 때, 조보안이 양팔을 머리 위로 들어 올린 채 크게 흔들며 날 반갑게 불렀다.

"안녕하세요?"

여전히 아저씨란 호칭을 사용하는 것을 듣고 살짝 실망했지만, 난 겉으로 내색하지 않고 조보안에게 제안했다.

"햄버거 먹으러 갈까?"

"꺄아, 좋아요."

'그 웃음을 꼭 지켜 주마.'

환하게 웃고 있는 조보안을 바라보며 속으로 다시 각오를 다졌다.

"가자."

햄버거 가게에 도착한 조보안이 덥석 햄버거를 베어 물었다.

그 모습을 흐뭇하게 바라보며 내가 입을 뗐다.

"긴히 할 이야기가 있어서 보안이를 찾아왔어."

"무슨 이야기인데요?"

"보안이가 갖고 있는 잠재력이 너무 커서 아저씨 혼자서 감당하기에는 역부족이라고 판단했어. 그래서 아는 분에게 도움을 청했어."

"누구한테요?"

"보안이도 알고 있는 사람이야."

"제가 아는 사람요?"

"응. 김천만 대표에게 도움을 청했어."

"'COLD'를 만든 유명한 아저씨요?"

내 표정이 다시 어두워졌다.

김천만 대표와 나의 나이 차는 스무살 가량.

그런데 조보안이 똑같이 '아저씨'라는 호칭을 사용한다는 것이 내 빈정을 상하게 만든 것이었다.

하지만 내 속내를 알아채지 못한 조보안은 드라마 속 비련의 여주인공처럼 슬픈 눈망울로 날 바라보며 물었다.

"그럼 전 심청이가 된 건가요?"

"심청이?"

"팔려 가는 거냐고 물은 거예요."

"그런 것 아니야."

"그럼요?"

"보컬과 안무 트레이닝만 CM엔터테인먼트에서 받게 될 거야. 그게 보안이에게 도움이 될 것 같아서 결정을 내린 거야."

"아."

비로소 말뜻을 이해한 조보안의 표정이 다시 밝아졌다.

"까아, 그럼 'COLD' 오빠들도 만날 수 있는 거예요?"

"아마 그렇겠지."

"너무 좋아요."

'좀 전까지 팔려 가는 거냐고 슬픈 표정으로 묻던 애가 맞아?'

문득 든 생각에 황당한 표정을 짓고 있을 때였다.

"그럴 줄 알았어요."

"응?"

"아저씨는 좋은 사람이잖아요. 그래서 날 팔아넘길 리가 없다고 생각했어요."

Chapter. 3

"아저씨, 햄버거 두 개만 더 먹으면 안 돼요?"

헤헤 웃던 조보안이 질문했다.

"하나가 아니라 두 개?"

조보안은 이미 햄버거 한 개를 다 먹어 치운 후였다.

한꺼번에 햄버거 세 개를 먹으면 배탈이 날 수도 있을 거란 걱정이 들어서 내가 망설일 때였다.

"하나는 제 것이 아니에요."

눈치 빠른 조보안이 말했다.

"그럼 누가 먹을 건데?"

"저랑 친하게 지내는 동생이 있는데… 아저씨 얘기를 했더니 꼭 한번 만나 보고 싶다고 했어요."

"친한 동생? 그러니까 그 친한 동생이 지금 여기로 올 거란 뜻이야?"

"네. 괜히 불렀나요?"

"아냐, 잘했어. 언제 오는데?"

"학원 마치자마자 온다고 했으니까 거의 올 때가 된 것 같아요."

"그럼 난 주문하고 올게."

불고기 버거 세트를 두 개 더 주문해서 자리로 돌아올 때였다.

"안녕하십니까?"

사내아이의 우렁찬 목소리가 들려왔다.

'아까 말한 동생이 왔나 보구나.'

구십 도로 고개를 숙여 인사한 사내아이가 고개를 들었다. 그리고 사내아이의 얼굴을 확인한 내가 깜짝 놀라서 두 눈을 크게 떴다.

'이 녀석을… 여기서 만날 줄이야. 반갑네.'

지난 생에 맺었던 인연과의 재회는 반가웠다.

"처음 뵙겠습니다. 저는 당수 초등학교 3학년 3반에 재학 중이고, 장차 대한민국 최고의 가수가 될 주찬훈이라고 합니다."

미리 준비해 온 것 같은 인사말을 또박또박 입 밖으로 내뱉는 주찬훈을 난 흐뭇한 표정으로 바라보았다.

"엑스오, 알죠? 아이돌 그룹 엑스오 말이에요. 내가 엑스오 소속사 연습생이었어요. 그리고 원래라면 엑스오의 리더로 데뷔할 예정이었어요."

호스피스 병동에서 함께 머물렀던 주찬훈.

'내가 음반 제작 일을 시작했으니까 언젠가는 만나지 않을까?'

이런 짐작을 하긴 했었다.

그런데 막연히 짐작했던 것보다 훨씬 이른 시점에, 또 전혀 예기치 못한 장소에서 주찬훈과의 재회가 이뤄진 셈이었다.

"반갑다."

내가 웃으며 손을 내밀자, 주찬훈이 잔뜩 긴장한 기색으로 손을 내밀었다.

"저도 반갑습니다. 그런데 하나 질문해도 됩니까?"

"얼마든지."

"왜 자꾸 웃으십니까? 혹시 저를 아십니까?"

"응, 알아."

"어떻게… 아십니까?"

"그냥."

"네?"

"그냥 아는 수가 있어."

연신 고개를 갸웃거리고 있는 주찬훈의 머리를 쓰다듬어 준 후 자리에 앉았다.

그제야 자리에 앉은 주찬훈이 내 눈치를 살피다가 슬그머니 포장지에 쌓여 있는 햄버거를 향해 손을 뻗었다.

스윽.

그렇지만 내가 손을 뻗어서 햄버거를 집어 든 것이 조금 더 빨랐다.

당연히 자신의 차지일 거라 예상했던 햄버거가 내 손에 들려 있는 것을 확인한 주찬훈의 눈동자가 흔들렸다.

"제 것은 없습니까?"

"응, 없어."

내가 딱 잘라 대답하자, 주찬훈이 당황한 표정으로 조보안을 바라보았다.

"누나, 말이 다르잖아. 햄버거 잘 사 주는 아저씨라면서?"

"진짜야. 아저씨 햄버거 잘 사 줘."

"그런데 왜 나는 안 사 주는 거야?'

"그건 나도 모르겠네."

조보안도 살짝 당황한 표정으로 내게 물었다.

"아저씨, 왜 찬훈이는 햄버거 안 사 주세요?"

"찬훈이는 햄버거 먹으면 안 돼."

"왜요?"

'위암 환자였으니까.'

주찬훈은 구김살이 없고 성격도 살가운 편이었다. 그래서 호스피스 병동에 머물 당시, 꽤 많은 대화를 나누었기에 그의 병명이 위암이었다는 사실도 알고 있었다.

그런데 정크 푸드인 햄버거를 먹일 수는 없는 노릇이 아닌가.

'보자, 또 무슨 이야기를 나눴었지?'

내가 햄버거를 손에 쥔 채 기억을 더듬었다.

'아버지와 둘이서 살았다고 했어.'

얼마 지나지 않아 난 호스피스 병동에서 머물 당시 주찬훈과 나눴던 대화를 떠올리는 데 성공했다.

'공사판을 전전하던 일용직이었던 아버지는 지방에 머물 때도 많았고, 아무도 없는 집에서 혼자 지내는 시간이 길었던 찬훈이는 식사를 자주 걸렀을 거야. 그나마 먹는 것도 라면 같은 인스턴트 음식이 대부분이었을 거고. 그래서 위암에 걸렸던 걸 거야.'

당시에 무척 젊었던 주찬훈이 그냥 암에 걸렸을 리가 없었다.

불규칙한 식습관과 인스턴트 음식 위주로 끼니를 때우던 것들이 꾸준히 쌓여서 병이 생긴 것이었다.

'보자, 내가 뭘 해 줄 수 있을까?'

"넌 젊은 나이에 위암이라는 큰 병에 걸린다. 그래서 햄버거 같은 정크 푸드는 가능한 먹어서는 안 된다."

이렇게 말할 수는 없는 노릇.

"규칙적인 식습관이 중요해. 매 끼니를 놓치지 않고 잘 챙겨 먹고, 라면 같은 인스턴트 음식 섭취도 가능한 하지 마."

그리고 내가 이렇게 충고한다고 해서 아직 열 살에 불과한 주찬훈이 손수 꼬박꼬박 끼니를 챙겨 먹을 가능성은 낮았다.

'무슨 방법이 없을까?'

그로 인해 고민하던 내가 일어섰다.

"나가자."

"네?"

"일단 따라와 봐."

햄버거 가게를 빠져나와 앞장서서 걸음을 옮기던 내가 멈춘 것은 백반집 앞이었다.

"안녕하세요."

"앉아요."

'탈락!'

퉁명스레 빈자리에 앉으라고 대꾸하는 여주인은 불친절해서 탈락.

"지금 식사 가능한가요?"

"무슨 관계요?"

"네?"

"홀아비요?"

'탈락!'

이 가게는 주인이 너무 호기심이 많아서 탈락.

그렇게 당수 초등학교 인근 백반집을 몇 군데째 돌아다니던 내가 남도 백반이라는 간판이 달린 백반집 앞에 멈춰 섰을 때였다.

"아저씨, 뭐 하는 거예요?"

조보안이 물었다.

"밥 먹이려고."

"네?"

"일단 따라 들어와 봐."

내가 문을 열고 들어가자, 주인아주머니가 반갑게 인사했다.

"어서 오세요."

"사장님이시죠?"

"네? 네."

"혹시 아침 식사도 되나요?"

"당연하죠."

'싹싹하네. 합격.'

인상도 선한 편이었고, 성격도 싹싹한 편이었기에 합격 판정을 내린 후 입을 뗐다.

"잘됐네요. 여기 이 아이들, 제 조카들입니다. 앞으로 여기서 식사를 했으면 해서요."

"매일… 요?"

"네. 장부를 만들어 놓고 이 녀석들이 식사를 할 때마다 체크해 주십시오. 그럼 월말에 제가 들러서 계산하겠습니다. 아, 보증금 조로 한 달 치 식대는 미리 결제해 두겠습니다. 가능할까요?"

"가능하고말고요. 저야 감사하죠."

"보시다시피 아직 어린애들입니다. 가능하면 너무 짜거나 맵지 않은 음식들로 특별히 신경 써 주시기 바랍니다."

"알겠습니다."

주인 아주머니와 이야기를 어느 정도 마친 순간, 조보안이 물었다.

"아저씨, 정말 여기서 밥 먹어도 돼요?"

"그래. 언제든지 와서 먹어도 돼."

"저도요?"

주찬훈이 눈을 동그랗게 뜬 채 물었다.

"물론이지."

내가 대답하자, 주찬훈이 깜짝 놀랐다.

"왜요?"

"응?"

"저한테 왜 이렇게 잘해 주세요?"

"그냥."

"그냥… 요?"

"그냥… 이상하게 정이 가네."

주찬훈의 머리를 손으로 쓰다듬으며 내가 작게 덧붙였다.

"우리, 오래 살자."

*　　　　*　　　　*

한 달에 한 번 모이는 가족 식사를 마친 후, 손진경은 집으로 돌아가는 대신 호텔 바로 향했다.

"요새 헛바람이 들어서 이상한 데에 돈을 쏟아붓는다면서? 사기꾼에게 놀아나서 돈 날린 후 후회하지 말고 빨리 정신 차려."

식사 도중에 오빠인 손진수가 던졌던 말이었다.

예전의 손진경이었다면, 그 말에 마음이 흔들렸으리라.

'과연 서진우와 동업을 하는 게 옳은 선택이었을까?'

JK미디어는 전혀 수익이 나지 않는 채 지속적으로 자금만 투입되는 상황.

그래서 확신을 갖지 못했기 때문이었다.

하지만 CM엔터테인먼트 김천만 대표를 만난 후, 손진경의 생각은 또 바뀌었다.

서진우에 대한 확신이 생겨서였다.

'7억을 제안했었어.'

JK미디어와 전속 계약을 맺은 조보안을 CM엔터테인먼트로 영입하기 위해서 김천만 대표는 거금 7억을 제시했다.

7억은 지금까지 JK미디어에 투입한 자금보다 훨씬 큰 금액.

그리고 김천만 대표가 7억이란 거금을 제시한 것이 조보안이라는 초등학생 소녀가 재능과 잠재력을 갖추고 있다는 증거였다.

게다가 아직 끝이 아니었다.

"최소 백억이라."

카페 테라스에 앉아서 커피를 마시던 손진경이 작게 혼잣말을 꺼냈다.

서진우는 조보안의 가치를 최소 백억 이상이라고 평가했다.

'내가 보지 못하는 것을 서진우는 볼 수 있다.'

거기까지 생각이 미친 손진경이 환하게 웃으며 다시 혼잣말을 꺼냈다.

"깜짝 놀라게 될 거예요. 서진우는 사기꾼이 아니라 진짜이니까."

그때였다.

"길을 헤맨 탓에 좀 늦었습니다."

서진우가 카페테라스로 들어섰다.

"서 이사, 어서 와. 커피는 내가 미리 시켜 놨어."

"감사합니다. 그런데 무슨 일 때문에 만나자고 하셨습니까?"

"그날 일이 계속 마음에 걸려서."

"그날 일이라면……?"

"서 이사가 김천만 대표와 거래를 한 후에, 손해가 크지만 선택의 여지가 없다고 대답했었잖아. 그 말이 계속 신경에 걸렸단 뜻이야. 내가 보기에 서 이사는… 김천만 대표를 별로 좋아하지 않는 것 같았어. 맞아?"

"네, 맞습니다."

"그런데 왜 김천만 대표와 손을 잡은 거야?"

"사람은 별로지만 능력은 있으니까요."

"아직 JK미디어는 갖추지 못한 인프라와 노하우를 CM엔터테인먼트는 갖추고 있다?"

"네."

"그럼 인프라와 노하우를 갖추도록 서둘러야겠네."

"인프라와 노하우를 갖추는 것 못지않게 중요한 것이 있습니다."

"그게 뭔데?"

"관리입니다."

"관리… 라니?"

손진경이 의아한 표정을 짓자, 서진우가 설명을 더했다.

"JK미디어로 영입하려 했던 첫 번째 아티스트인 조보안이 초등학생이라는 사실을 알고 많이 놀라셨죠?"

"응? 응."

"그런데 머잖아 당연한 일이 될 겁니다. 어린 나이에 소속사에서 연습생 생활을 시작해서 데뷔하고 스타가 되는 것이 당연한 케이스가 될 테니까요. 그래서 앞으로 관리가 더 중요해지게 될 겁니다. 어린 나이에 스타가 되면 문제를 일으킬 여지가 크니까요."

"아!"

손진경이 말뜻을 이해했을 때, 서진우의 이야기가 이어졌다.

"CM엔터테인먼트의 약점이 바로 여기에 있습니다. 김천만 대표는 소속 아티스트들을 관리하는 것보다는 수익을 올리는 데 급급한 편이거든요. 그로 인해 훗날 분명히 문제가 생기게 될 겁니다."

"그럴 수도 있겠네."

"우리는 미연의 사태를 방지하기 위해서 인프라와 노하우를 갖추는 것 못지않게 아티스트 관리에도 신경을 써야 합니다. 그것을 위해서 적임자를 영입할 겁니다."

"그 적임자가 누군데?"

서진우가 대답했다.

"박준용입니다."

*   *   *

"가수 박준용을… 말하는 거야?"

"그렇습니다."

내가 언급한 박준용은 가수가 맞다. 그리고 가수 박준용을 JK미디어로 영입하려는 것이 맞다고 확인해 주자, 손진경은 못마땅한 기색을 드러냈다.

"한물간 가수를 왜 영입하려는 거야?"

'한물간 가수라.'

무척 직설적인 표현이지만, 손진경의 평가가 맞았다.

한때 큰 인기를 얻었던 박준용이었지만, 지금은 대중의 관심에서 멀어지며 잊혀 가는 가수가 됐으니까.

그럼에도 불구하고 내가 박준용을 JK미디어로 영입하려는데는 그만한 이유가 있다.

"가수 박준용은 매력이 없지만, 프로듀서 박준용은 매력적이거든요."

*   *   *

내 기억 속 박준용은 트렌드 리더였다.

그는 항상 세계 음악계의 흐름에 민감하게 반응하면서, 앨범을 낼 때마다 새로운 시도를 했다.

그 새로운 시도가 대중들에게 너무 낯설었기에 박준용은 대중적 인기를 얻지 못하고 점점 잊혀 가고 있었다.

하지만 그의 실험 정산만큼은 높이 사야 했다. 그리고 박준용의 꾸준한 노력과 실험은 결국 빛을 발한다.

대략 5년 후에 그가 설립한 음반 제작사인 준용 코퍼레이션은 홀로 독주하고 있다시피 했던 CM엔터테인먼트의 아성을 위협할 정도로 빠르게 성장했으니까.

내 계획은 박준용을 JK미디어로 영입한 후 프로듀서로 활용해서 최대한 빠르게 CM엔터테인먼트에 필적할 수 있는 수준으로 회사를 성장시키는 것이었다.

"난 모르겠다."

그때 손진경이 입을 뗐다.

"반대하시는 겁니까?"

내가 묻자, 그녀가 고개를 흔들었다.

"반대하는 건 아냐. 난 프로듀서 박준용을 믿는 게 아니라 서진우 이사를 믿는 거니까."

"그럼 끝까지 믿어 주십시오."

"그럴게."

가볍게 고개를 끄덕이던 손진경이 물었다.

"그런데 박준용이 영입 제안에 흔쾌히 응할까?"

　　　　*　　　　　*　　　　　*

　오랜만에 신은하를 다시 만났다.

　약속 장소인 어선재 특실의 문을 열고 들어서자, 미리 도착해 있던 신은하가 자리에서 일어나며 날 맞이했다.

　"서진우 이사님, 오랜만입니다."

　'진우야'에서 '서진우 이사님'으로 그녀의 호칭이 바뀌어 있었다.

　또 친구를 먹자마자 말을 놓았던 신은하는 갑자기 내게 존대하고 있었다.

　"왜 이래요?"

　그 변화를 눈치챈 내가 불편한 표정으로 묻자, 신은하가 여전히 조신한 목소리로 대답했다.

　"'골든 키 스튜디오'와 맺은 계약이 곧 만료되거든요."

　"……?"

　"'블루윈드'로 옮길 예정이니까 최대 지분 보유자인 서진우 이사님에게 잘 보여야 한다는 생각이 들어서요."

　"그냥 하던 대로 하시죠."

　"네?"

　"계속 불편하게 하시면 '블루윈드'로 옮기시는 게 어려워질 겁니다."

내 이야기를 들은 신은하의 태도가 돌변했다.

"알았어. 그리고 앞으로 내가 더 잘할게."

"그냥 하던 대로 하시라니까요."

"알았다니까. 그런데 그동안 연락 한 번 없다가 무슨 바람이 불어서 내게 연락한 거야? 갑자기 내가 막 보고 싶었어?"

"네."

"어머, 드디어 내 매력에 풍덩 빠진 거야?"

그건 아니다.

내가 신은하에게 연락한 데는 다른 이유가 있다.

"부탁할 게 있어서 연락했습니다. 박준용 씨랑 친분이 있으시죠?"

"준용 오빠? 친분이 있긴 한데… 갑자기 왜 준용 오빠 얘기를 꺼내는 거야?"

"자리 한번 마련해 주시죠."

"준용 오빠를 만나게 해 달라?"

"네."

"준용 오빠를 JK미디어의 프로듀서로 영입하려는 거지?"

'역시 회귀자는 달라.'

신은하 역시 회귀자.

박준용이 프로듀서로 전면에 나선 준용 코퍼레이션이 크게 성공한다는 사실을 이미 알고 있었다.

그래서 내가 박준용과 만날 수 있도록 자리를 마련해 달란

이야기를 꺼내자마자, 바로 이유를 짐작해 낸 것이었다.

그러나 난 시치미를 뚝 뗀 채 대답했다.

"아닌데요."

"아니라고?"

"JK미디어로 영입하려는 것은 맞는데, 프로듀서 박준용이 아니라 가수 박준용을 영입하려는 겁니다."

내가 거짓말을 한 이유.

신은하에게 회귀자란 사실을 들키지 않기 위함이다.

"자리나 한번 마련해 주시죠."

"그건 어려운 게 아닌데… 준용 오빠를 JK미디어로 영입하는 건 힘들 수도 있어."

"왜 영입이 힘들 거라고 예상하는 겁니까?"

"내가 아는 준용 오빠, 자존심이 무척 세거든. 음, 천상천하 유아독존 스타일이라고 표현하면 될까?"

"……?"

"그래서 본인보다 능력이 있다는 것을 증명하지 못하면 함께 일하려고 하지 않을 거야."

박준용의 성격에 대해서 잘 알고 있는 신은하가 확신에 찬 목소리로 말했다. 그리고 그의 성격에 대해서는 나도 알고 있었다.

박준용이라는 아티스트 겸 프로듀서에게 지난 생의 나 역시 관심이 많았으니까.

그리고 난 박준용을 JK미디어로 영입할 자신이 있었기에 힘주어 말했다.

"자존심이 강해 봐야 망한 가수일 뿐이죠."

                *   *   *

"노래를 하고 싶었어. 내가 바란 것은 그것뿐……."

보사노바풍의 멜로디에 하우스 리듬을 가미한 사운드.

이번에 작곡한 곡의 장점은 세련미였다.

직접 곡에 가사를 붙이던 박준용이 도중에 작업을 멈추고 눈살을 찌푸렸다.

멜로디와 가사가 잘 매치되지 않는다는 느낌을 받아서였다.

'세련된 멜로디와는 어울리지 않는 우중충한 가사.'

박준용은 문제점을 파악했다. 그러나 문제점을 안다고 해도 해결이 쉽지 않다는 게 난감한 점이었다.

"다시 작업해야겠네."

박준용이 작사 작업을 원점에서부터 다시 하자고 결심한 순간이었다.

딩동.

인터폰이 울렸다.

"왔나 보네."

박준용이 마뜩찮은 기색으로 일어섰다.

신은하는 고원대 후배이기도 했고, 자신의 뮤직비디오에 출연했던 것을 계기로 친분이 쌓였다. 그런 그녀가 한 남자를 만나 달라고 부탁했고, 박준용은 거절하지 못했다.

"JK미디어 이사 서진우라고 했었지."

신은하는 함께 밥이라도 먹으라고 했지만, 박준용은 그를 작업실로 불렀다.

작업 중에 오래 시간을 허비하는 것도 내키지 않았고, 이름을 들어 본 적 없는 JK미디어의 이사가 중요 인물은 아니라고 판단해서 내린 결정이었다.

일단 현관문을 열었던 박준용이 살짝 당황했다.

이사라는 직함을 듣고 연배가 꽤 있을 거라 막연히 짐작했는데, 작업실로 찾아온 서진우가 예상보다 훨씬 어려 보여서였다.

"서진우 씨, 맞습니까?"

"네. JK미디어 이사인 서진우입니다."

"짐작했던 것보다 많이 어리시네요."

"그런 얘기 많이 듣습니다."

"일단… 들어오시죠."

박준용이 서진우를 안으로 들인 후 물었다.

"편한 데 앉으시면 됩니다. 차는 뭘로 드시겠습니까?"

"차는 됐습니다. 그보다… 이게 박준용 씨가 준비하고 있는 신곡입니까?"

중지 버튼을 누르지 않은 탓에 신곡으로 준비하고 있는 곡의 멜로디가 계속 흘러나오고 있었다.

"네, 제가 만든 곡입니다."

"좋네요."

서진우가 칭찬했다.

'뭘 안다고 칭찬하는 거야?'

그렇지만 박준용이 속으로 코웃음을 쳤을 때였다.

"보사노바풍의 베이스에 펑키와 하우스 리듬을 입혔네요. 그래서 멜로디가 세련된 느낌을 주긴 하는데… 어렵네요."

서진우가 덧붙인 말을 들은 박준용이 두 눈을 크게 떴다.

그의 평가가 무척 정확했기 때문이었다.

'펑키 리듬이 섞여 있다는 것은 알아채기 힘들었을 텐데.'

해서 박준용이 새삼스러운 시선을 던질 때였다.

"장 듀 프랑수아의 영향을 받으신 건가요?"

서진우가 불쑥 물었다. 그리고 서진우의 입에서 아티스트 장 듀 프랑수아의 이름이 흘러나온 순간, 박준용이 더욱 놀랐다.

장 듀 프랑수아는 프랑스 작곡가 겸 가수.

그렇지만 널리 알려진 아티스트는 아니었다.

그래서 그를 알고 있는 이는 극소수에 불과했는데.

서진우가 장 듀 프랑수아에 대해서 알고 있을 뿐만 아니라,

잠깐 곡을 듣자마자 그의 영향을 받았다는 것까지 캐치해 낸
것.

박준용에게는 충격으로 다가왔다.

'이 자식, 뭐야?'

그로 인해 박준용이 크게 당황한 채 입을 뗐다.

"음악에 대한 소양이 깊으신 편이군요."

"그냥… 음악을 즐겨 듣는 편입니다."

"하지만……"

"그런데 남들은 갖지 못한 특별한 능력을 하나 갖고 있습니
다."

"그 특별한 능력이 뭡니까?"

"곡을 들으면 이 곡이 히트할 수 있는가 여부를 알 수 있는
능력입니다."

박준용이 재차 코웃음을 쳤다.

말도 안 되는 소리라고 판단했기 때문이었다.

"그럼 좀 전에 서진우 씨가 들었던 곡은 히트할까요?"

"아니요. 이 곡은 히트하지 못합니다."

서진우가 확신에 찬 목소리로 대답하는 것을 들은 박준용
이 미간을 찌푸렸다.

이번 신곡 작업에 많은 공을 들인 상황.

그런데 히트하지 못한다는 이야기를 들으니 기분이 팍 상했
기 때문이었다.

'재수 없게시리.'

괜히 물었다는 생각이 들어 박준용이 후회할 때였다.

톡톡톡, 톡, 토도도도독, 톡, 토독, 토도도도도독.

서진우가 손가락을 두드리기 시작했다.

'정신 사납게시리.'

더욱 미간을 찌푸렸던 박준용이 이내 손가락이 탁자를 두드리며 만들어 내는 소리에 집중하기 시작했다.

'좋다!'

잠시 후 박준용이 깜짝 놀랐다.

서진우가 손가락으로 탁자를 두드리면서 만들어 낸 소리가 환상적인 리듬과 멜로디라는 생각이 들어서였다.

그런 박준용은 이내 짙은 아쉬움을 느꼈다.

톡톡, 톡도도독.

탁자 위를 두드리던 서진우의 손가락이 멈췄기 때문이었다.

"이게… 무슨 곡입니까?"

아쉬움이 담긴 목소리로 질문하자 서진우가 대답했다.

"모릅니다."

"네?"

"얼마 전에 문득 악상이 떠올라서 흥얼거리고 있는 곡인데, 아직 미완성인 데다가 제목도 없습니다."

*   *   *

장 듀 프랑수아.

프랑스 작곡가 겸 가수인 그의 얼굴을 난 모른다. 그리고 그가 만든 노래나 직접 부른 노래를 들어 본 적도 없다.

그럼에도 내가 장 듀 프랑수아라는 프랑스 아티스트를 알고 있는 이유.

박준용 덕분이었다.

좀 더 자세히 설명하면 박준용이 했던 인터뷰 덕분이었다.

그는 자신이 장 듀 프랑수아를 좋아하고, 그에게서 음악적 영감을 받았다는 인터뷰를 했던 적이 있었고, 난 그 내용을 기억하고 있었기 때문에 조금 전 그의 이름을 언급했던 것이었다.

어쨌든 장 듀 프랑수아를 언급하고, 미완성이라고 밝혔던 곡의 멜로디를 살짝 들려 준 효과는 확실했다.

혼비백산.

박준용의 경악한 표정에 딱 어울리는 사자성어였다.

'놀라는 게 당연하지.'

그런 박준용의 반응을 살피며 내가 속으로 생각했다.

방금 내가 손가락으로 탁자를 두드려 만든 멜로디는 바로 걸그룹 열풍의 원조라 할 수 있는 '원더우먼스'의 데뷔 곡이었다. 그리고 '원더우먼스'를 제작한 것이 바로 박준용이었다.

즉, 박준용이 들은 것은 약 3년 후 본인이 작곡한 '원더우먼스'의 데뷔 곡이었다.

그러니 당연히 곡이 좋게 들릴 터.

또, 놀라지 않을 수 없었으리라.

'일단 날 무시하는 눈빛은 사라졌구나.'

날 바라보는 박준용의 눈빛이 변했다는 것이 나에 대한 인식이 변했다는 증거.

이제는 그를 더 놀라게 할 차례였다.

"곡이 괜찮았습니까?"

내가 아까 곡을 들은 감상에 대해서 묻자, 박준용에게서는 바로 대답이 돌아왔다.

"아주 좋았습니다. 제가… 아닙니다."

박준용이 슬그머니 말끝을 흐렸다. 그렇지만 나는 그가 원래 하려 했던 말이 무엇인지 짐작이 갔다.

미완성인 현재의 곡을 본인이 완성해서 발표하고 싶은 욕심이 생겼다고 말하고 싶었으리라.

박준용의 두 눈에 욕심이란 감정이 깃들어 있는 것을 놓치지 않은 내가 슬그머니 물었다.

"혹시 이 곡에 욕심이 생겼습니까?"

"…네."

솔직하게 욕심이 생겼다고 대답하는 박준용에게 내가 웃으며 말했다.

"원하신다면 드릴 수도 있습니다."

"그게… 정말입니까?"

"네."

박준용의 표정이 눈에 띄게 밝아진 순간, 내가 다시 입을 뗐다.

"그런데 망합니다."

"네? 뭐가 망한단 말입니까?"

"이 곡도 히트하지 못한다는 뜻입니다."

"그럴 리가 없습니다."

내 말이 끝나기 무섭게 박준용이 반박했다.

이 곡에 욕심이 생긴 그는 분명히 히트할 거라고 확신하고 있었다.

하지만 난 이 곡이 히트하지 못하는 이유들을 들려주었다.

"박준용 씨의 보컬과는 어울리지 않는 곡입니다."

"그렇긴 하지만……."

"그리고 너무 이릅니다."

"너무 이르다는 건… 무슨 의미입니까?"

"지금 세상에 나올 경우, 대중들은 이 곡을 낯설어할 겁니다. 최소 3년은 지나야 트렌드에 어울리는 곡이 될 겁니다."

"흐음."

그 두 가지 이유를 들은 박준용의 표정이 심각해졌다. 그리고 난 빙빙 돌려 말하는 것을 싫어한다.

"이게 박준용 씨가 최근 발표한 앨범들이 히트하지 못한 이유죠."

이렇게 직설적으로 말을 꺼낼 거라고는 예상치 못했던 걸까.

박준용은 입을 헤 벌리고 있었다.

'이제 몰아붙일 타이밍.'

난 박준용을 만나기 전에 이미 대화의 방향과 순서를 설정해 왔다.

그 방향과 순서대로 지금까지 대화를 이끌어 왔고, 이제는 박준용을 더욱 거세게 몰아붙일 타이밍이었다.

"자신이 없죠?"

"무슨… 뜻입니까?"

"앨범을 내도 계속 망하고 나니까 곡 작업을 할 때 확신이 없는 것 아닙니까?"

"그건……."

"어쩌면 곡 작업을 해 봐야 의미가 없을 수도 있겠네요. 새 앨범을 낼 수 없을 수도 있으니까요."

박준용의 현 소속사는 와이드 뮤직.

그리고 지난 생의 내 기억이 틀리지 않다면 박준용은 와이드 뮤직과 소송전을 벌였다.

특별한 사유 없이 앨범을 내 주지 않고 차일피일 미룬다는 것이 박준용이 와이드 뮤직과 소송전을 벌였던 이유.

물론 사유가 아주 없지는 않았다.

앨범을 내도 수익을 올리긴커녕 손해만 쌓이는 상황이라 와이드 뮤직 측에서는 앨범 발매를 차일피일 미룬 것이었다.

'얼추… 그 시기야.'

지금쯤이면 박준용과 와이드 뮤직 사이에 불신이 생겼을 시기였다.

앞으로 대략 5년의 시간.

박준용에게는 인생을 살면서 가장 힘든 시간이 펼쳐진다.

그리고 박준용 입장에서는 힘든 시간이지만 내 입장에서는 그를 JK미디어로 영입할 수 있는 기회였다.

그리고 난 절호의 기회를 놓칠 생각이 없다.

"제가 앨범을 내 드리겠습니다."

내가 단도직입적으로 말하자, 박준용이 놀란 표정을 짓는다.

그런 그에게 내가 덧붙인다.

"그리고 박준용 씨에게 다시 날개를 달아 드리겠습니다."

"어떻게 말입니까?"

"아까 제가 한 이야기를 귀담아듣지 않으셨군요."

"……?"

"제게는 곡을 들으면 이 곡이 히트할 수 있는가 여부를 알 수 있는 특별한 능력이 있다고 말씀드렸습니다. 그 능력을 이용해서 박준용 씨가 가수로서 여전히 경쟁력이 있다는 것을 증명해 보이게 만들어 드리겠습니다."

내가 더 관심 있는 것은 가수 박준용이 아니라 프로듀서 박준용이었다.

그렇지만 난 속내를 숨겼다.

현재의 박준용은 프로듀서로서 보여 준 것이 아무것도 없었다.

그런데 프로듀서 박준용에게 관심이 있어서 JK미디어로 영입하겠다는 의사를 밝힌다면?

그는 의아함을 품을 가능성이 높았다.

그래서 내가 세운 계획은 일단 가수 박준용을 JK미디어로 영입하는 것이었다.

'프로듀서 박준용의 재능은 내가 직접 일깨워 주면 돼.'

내가 생각을 마친 순간, 박준용이 대답했다.

"솔직히… 믿기 어렵군요."

*　　　　*　　　　*

JK미디어는 신생 음반 제작사.

자신을 불쑥 찾아온 서진우의 말만 믿고 JK미디어와 덥석 계약을 맺기에는 불안 요소가 너무 컸다.

게다가 어떤 곡을 들으면 히트할 수 있는가 여부를 알 수 있다는 서진우의 말은 더 믿기 어려웠다.

그래서 박준용이 솔직히 믿기 어렵다고 대답했지만, 서진우는 실망한 기색이 아니었다.

"예상했습니다."

"네?"

"박준용 씨의 인생이 걸린 문제입니다. 그러니 제가 박준용 씨 입장이라도 절 믿고 어떤 결정을 내리기 힘들었을 겁니다."

마치 이해한다는 듯이 고개를 끄덕이던 서진우가 다시 입을 뗐다.

"어떻게 하면 박준용 씨에게 제 진심을 보일 수 있을까? 오늘 만남을 앞두고 많이 고민했습니다. 그리고 제가 내린 결론은… 음악이었습니다."

"음악… 요?"

"지금의 박준용 씨에게 어울리는 곡은 어떤 곡일까? 그에 대해서 고민을 하다가 제가 곡을 만들어 봤습니다."

"어떤 곡입니까?"

아까 서진우가 손가락으로 탁자를 두드리며 선보였던 미완성 곡.

자신에게 신선한 충격을 안겨 주었을 정도로 참신하고 완성도가 있었다.

그래서 서진우가 자신을 위한 곡을 써 왔다고 말을 듣고 관심이 생기지 않을 수 없었다.

"한번 들어 보시죠."

톡톡.

서진우가 다시 손가락으로 탁자를 두드리기 시작했다.

당연히 악보를 건넬 거라 짐작했던 박준용은 살짝 당황했다.

그렇지만 이내 서진우가 손가락으로 탁자를 두드리면서 만들어 내고 있는 소리에 집중하기 시작했다.

그런 박준용이 잠시 후 흠칫 했다.

아까와 달리 서진우가 리듬에 맞춰서 콧소리를 흥얼거리기 시작했기 때문이었다.

"난 사랑하는 사람이 있는데, 그래서 이러면 안 되는데. 그걸 알면서도 머리와 마음이 따로 놀아."

'노래를… 못한다.'

서진우가 흥얼거리는 것을 듣던 박준용이 가장 먼저 한 생각.

음치까지는 아니었지만, 분명히 노래 실력은 꽝이었다.

그러나 박준용은 서진우의 노래 실력을 비웃는 대신, 리듬과 가사에 집중했다.

'신선하다, 그리고… 세련됐다.'

단조롭지만 리듬에는 중독성이 있었다. 그래서 홀린 듯이 집중하고 있던 박준용이 노래를 멈추고 얼굴을 붉히고 있는 서진우를 바라보았다.

"어떻습니까?"

"노래를… 못하시네요."

"압니다."

서진우가 빠르게 인정한 순간, 박준용이 다시 물었다.

"제가 부르면 이 곡이 히트할 거라고 판단한 근거가 무엇입니까?"

그 질문에 서진우가 대답했다.

"박준용 씨도… 노래를 그리 잘하시는 편은 아니니까요."

*　　　　*　　　　*

가수에게 노래를 그리 잘하는 편이 아니라는 평가를 하는 것.

충분히 기분이 상할 수 있는 평가였다.

그렇지만 다행히 박준용은 크게 기분 나빠 하는 기색이 아니었다.

"인정합니다."

오히려 노래를 잘하는 편이 아니라고 솔직히 인정했다.

그 반응을 확인한 내가 다시 입을 뗐다.

"왜 박준용 씨가 최근에 낸 앨범들이 잘되지 않았을까? 그 이유에 대해서 나름대로 분석해 봤습니다. 그 분석 결과 제가 내린 결론은……."

"노래를 못해서인가요?"

박준용이 먼저 입을 뗐다.

'비꼰 게 아니야.'

그가 이런 말을 한 것, 뒤끝의 발로가 아니었다.

지금 이 말을 꺼낸 박준용의 입가에는 씁쓸한 미소가 떠올라 있는 것이 뒤끝의 발로가 아니라는 증거였다.

그리고 내 분석 결과도 틀리지 않았다.

"네, 노래를 못해서입니다."

스스로 인정하는 것과 남의 입을 통해서 듣는 것.

충격의 강도가 다른 법이었다.

그래서 박준용의 표정이 딱딱하게 굳어진 순간, 서둘러 말을 이었다.

"박준용 씨도 아까 인정했듯이 가창력이 뛰어난 편은 아니라는 사실을 이미 알고 있습니다. 그래서 그 약점을 메꾸기 위해서 신곡의 멜로디와 리듬에 더욱 집착했을 겁니다. 다른 가수들은 시도하지 않았던 신선한 멜로디와 리듬을 가진 곡으로 승부를 보자. 이런 생각을 은연중에 갖고 있었을 테고요. 제 짐작이 맞습니까?"

"정확합니다."

박준용은 감추려 들지 않고 솔직하게 인정했다.

"그게 오히려 독이 됐을 겁니다."

"무슨 뜻입니까?"

"신선한 곡으로 승부를 봐야 한다는 욕심에 사로잡혀서 박준용 씨는 한발을 앞서 나갔거든요."

내가 대답했음에도 불구하고 박준용은 제대로 이해하지 못한 기색이었다.

그런 그를 위해서 부연했다.

"한 걸음과 반걸음의 차이입니다."

"······?"

"대중들은 기존에 보지 못했던 새로운 콘텐츠에 열광하는 법입니다. 그건 음악도 마찬가지죠. 기존에 듣지 못했던 새로운 음악에 대중들은 열광하게 마련이지만, 한 가지 함정이 있습니다. 너무 새로우면 낯설어하면서 외면하거든요."

박준용은 영리했다.

내 부연을 듣자마자 바로 이해했다.

"반걸음을 앞서가면 대중들이 열광하지만, 한 걸음을 앞서가면 대중들이 낯설어하면서 외면한다. 최근 내가 낸 신곡들이 인기를 얻지 못하고 대중들의 외면을 받았던 이유는 반걸음이 아니라 한 걸음을 앞서갔기 때문이다. 내가 제대로 이해한 게 맞습니까?"

"맞습니다."

'하긴 영리하지 못했으면 준용 코퍼레이션이 성공하기 힘들었겠지.'

비로소 자신이 실패한 이유를 알게 된 박준용의 표정은 심각했다.

'원래 훈수를 둘 때 가장 잘 보이는 법이니까.'

물론 내 전공 분야는 음악이 아니었다.

그렇지만 회귀자인 덕분에 대중음악계의 흐름은 대략 알고 있었고, 그래서 이런 충고를 던질 수 있는 것이었다.

그리고 이 충고는 프로듀서 박준용의 본능을 일깨우기에 충분할 터.

"일 년입니다."

잠시 후, 내가 다시 말하자, 박준용이 의아한 시선을 던졌다.

"뭐가 일 년입니까?"

"방금 전에 제가 들려 드렸던 곡 말입니다. 지금 발매하면 히트하지 못합니다. 하지만 일 년 후에 발매하면 히트할 겁니다."

"지금 이 곡을 발표하면 한 걸음 앞서 나간 셈이지만, 일 년 후에 이 곡을 발표하면 반걸음만 앞서 나간 셈이란 뜻인가요?"

"네."

박준용이 무릎을 탁 쳤다.

그런 그가 내게 감사 인사를 건넸다.

"덕분에 큰 깨달음을 얻었습니다."

무척 진지한 표정으로 건넨 감사 인사.

그렇지만 난 멋쩍은 기분이 들었다.

아까 내가 손가락으로 탁자를 두드리며 불렀던 노래.

'사랑하는 사람이 있는데'라는 곡은 지금부터 약 4년 후에 발표된 곡이었다.

작곡과 작사를 맡은 것은 박준용.

하지만 아쉽게도 대중들에게 외면받았다.

그러나 난 이 곡을 좋아했다. 그리고 이 곡이 히트하지 못한 이유는 너무 올드했기 때문이었다.

하지만 만약 이 곡이 지금부터 1년 후에 발표된다면?

올드하단 평가가 아닌 신선하단 평가를 받으며 히트할 것이란 확신이 있었다.

즉, 내가 한 일은 곡을 발표할 시기만 바꿔 놓은 것뿐이었다.

"정말 큰 도움이 됐습니다."

그 사실을 꿈에도 모르는 박준용은 연신 내게 감사 인사를 하고 있었다.

"일 년 후에 JK미디어에서 이 곡이 담긴 앨범을 발매하시죠."

"네, 그렇게 하겠습니다."

와이드 뮤직과 전속 계약 기간이 반년도 남지 않은 시점.

아까와 달리 박준용은 망설이지 않고 대답했다.

"반걸음을 잊지 마십시오."

원하던 바를 얻어 낸 내가 웃으며 손을 내밀자, 박준용이 내 손을 맞잡으며 입을 뗐다.

"저는 마음껏 작업을 하겠습니다. 혹시 제가 한 걸음을 앞서 걸어가면 서 이사님이 말씀해 주십시오."

*   *   *

교도소 면회실.

정종수가 형형한 눈빛을 쏘아 내며 현 골든 키 스튜디오 실장인 고병익을 노려보았다.

"선우까지 빠져나갔다고?"

"네."

고병익이 굳은 표정으로 대답하는 것을 들은 정종수가 미간을 찡그렸다.

"호랑이 새끼를 키운 셈이구먼."

신대섭은 능력과 수완을 갖추고 있었다. 그래서 골든 키 스튜디오 실장 직을 맡기면서 중용했었던 것이었고.

그리고 신대섭이 '블루윈드'를 세워서 독립하는 경우도 이미 계산에 넣어 두고 이강희의 약점을 이용해서 본때를 보여 주려 했었다.

하지만 결과는 예상과 달랐다.

신대섭이 역공을 펼친 탓에 오히려 자신이 구속되는 최악의 상황에 치달았으니까.

그리고 아직 끝이 아니었다.

자신이 구속된 틈을 이용해서 신대섭은 골든 키 스튜디오의 핵심 자원들을 블루윈드로 영입하는 작업을 가속화하고 있었으니까.

　'더 내버려 두면 안 되겠군.'

　이런 식이라면 자신이 출소하더라도 '블루윈드'와 벌어져 버린 격차를 따라잡기에는 역부족이었다. 그래서 정종수가 이를 갈면서 입을 뗐다.

　"김 사장에게 연락해."

　"백사파 김무성을 말씀하시는 겁니까?"

　"맞아."

　김무성을 언급하자 고병익이 흠칫거렸다.

　조직폭력배인 김무성을 내심 두려워하기 때문이리라.

　"신대섭에게 본때를 보여 주라고 해. 죽이지는 말고, 몇 달 병원 신세 질 정도로. 내 말 무슨 뜻인지 알겠어?"

　"네? 네."

　"그리고 흔들어."

　"뭘 흔들란 말씀이십니까?"

　"뭐긴 뭐야? '블루윈드'를 흔들란 뜻이지."

　'똑같이 갚아 주마.'

　정종수가 두 눈을 가늘게 좁혔다.

　신대섭은 '골든 키 스튜디오'의 수장인 자신을 구속시키고, 그 틈을 이용해서 회사에 소속된 연예인들을 빼 가는 수법을 썼다. 정종수는 이를 똑같은 방식으로 되갚아 줄 생각이었다.

"하지만 어떻게……?"

"선우 약점을 괜히 쥐고 있었던 것 같아?"

하선우는 장래가 촉망되는 여배우.

그렇지만 이강희처럼 약점이 있었고, 정종수는 그 약점을 알고 있었다. 또, 하선우가 '골든 키 스튜디오'를 떠나 '블루윈드'로 적을 옮겼으니 이제 그 약점을 이용할 때가 된 셈이었다.

"아!"

비로소 말뜻을 이해한 고병익이 두 눈을 빛내는 것을 확인한 정종수가 스산한 목소리로 덧붙였다.

"확실히 처리해야 해."

*　　　　　*　　　　　*

"맛있는 것 사 줘."

신은하는 그냥 넘어가지 않았다.

박준용과 만날 수 있는 자리를 마련해 준 것에 대한 보답을 해 달라고 졸랐다.

처음에는 못 들은 척 넘어가려고 했었는데.

난 도중에 생각을 바꾸어 그녀와 어선재에서 다시 만

났다.

'회귀자 버프가 좋긴 하네.'

지금부터 반년 후, 와이드 뮤직과 전속 계약이 끝나는 즉시, JK미디어로 이적하겠다는 약속을 박준용에게서 받아 내는 데 성공한 내가 떠올린 생각이었다.

준용 코퍼레이션은 대한민국을 대표하는 제작사.

그리고 준용 코퍼레이션의 수장인 박준용을 상대로 음악에 대해서는 문외한이나 다름없는 내가 강의 아닌 강의(?)를 할 수 있었던 것.

바로 회귀자 버프 덕분이었다.

그래서 내가 멋쩍은 웃음을 짓고 있을 때, 맞은편에 앉아 있던 신은하가 술이 담긴 주전자를 들어 올렸다.

"한 잔 받아."

"주시죠."

"하여간 재주가 참 용해."

내 술잔을 채워 주며 신은하가 말했다.

"뭐가요?"

"준용 오빠 말이야. 진우 네가 부탁해서 일단 자리를 마련해 주긴 했지만, JK미디어로 영입하기는 힘들 거라 예상했거든."

"왜 힘들 거라고 예상했습니까?"

"자존심 때문에. 그때도 말했지만 준용 오빠, 자존심이 엄청 세거든."

생긋 웃으며 대답한 신은하가 다시 물었다.

"그래서 더 궁금해졌어. 대체 무슨 수를 사용해서 준용 오빠 마음을 사로잡은 거야?"

'당신도 할 수 있는 것.'

내가 사용한 것은 회귀자 버프.

그리고 신은하 역시 회귀자였다.

그래서 속으로 생각하면서도 입 밖으로는 다른 대답을 꺼냈다.

"자존심을 세워 줬습니다."

"어떻게?"

"가수 박준용이 아직 경쟁력이 있다는 사실을 인정하기 때문에 JK미디어로 영입하고 싶다고 말했죠."

"흐음."

내 대답에서 미진함을 느낀 걸까.

살짝 미간을 찡그리고 있는 신은하를 빤히 바라보았다.

"왜 그렇게 은근하게 보는 거야?"

그 시선을 느낀 신은하가 양손으로 턱을 괸 채 교태 있는 목소리로 물었다.

"궁금해서요."

내가 대답하자, 신은하가 반색했다.

"드디어 내가 궁금해지기 시작한 거야? 그러니까 내 매력에 풍덩 빠졌다는 뜻이지?"

"그런 것 아닙니다."

내가 딱 잘라 대답하자, 신은하는 서운한 기색을 드러냈다.

"그럼 뭐가 궁금한 건데?"

"만족하십니까?"

"응?"

"지금의 삶에 만족하냐고 물었습니다."

내 질문이 뜬금없어서일까.

신은하는 황당한 표정을 지었다.

그렇지만 내 입장에서는 무척 중요한 질문이었다. 그리고 내가 도중에 생각을 바꿔서 신은하를 만나기로 결정한 이유이기도 했다.

'연구 대상!'

눈앞에 마주 앉아 있는 신은하를 보며 내가 떠올린 생각이었다.

처음 신은하가 회귀자란 사실을 알고 난 후에는 당혹스러웠다.

또, 본능적으로 경계심이 깃들어서 일부러 그녀를 멀리 하려 애썼다.

하지만 지금은 경계심이 사라지고, 대신 호기심이 깃들었다.

현재 내가 확실히 인지하고 있는 회귀자는 총 세 명.

신은하와 심대평, 이토 겐지였다. 그리고 심대평과 이토 겐지와는 만나기 힘든 상태였다.

설령 만난다고 하더라도 제대로 된 대화를 나누기 어려웠고.

그런 내가 쉽게 만나서 비교적 편하게 대화를 나눌 수 있는 회귀자는 신은하가 유일했다.

'신은하를 통해서 회귀자에 대해서 더 많이 알 수 있지 않을까?'

앞으로도 회귀자를 계속 만나게 될 확률이 높은 상황.

난 신은하를 통해서 회귀자에 대해 더 많이 알 수 있을 거라고 판단한 것이었다.

"대충… 만족하고 있어."

내 생각이 거기까지 미쳤을 때, 그녀가 대답했다.

"그러니까 지금의 삶에 만족하신다는 거죠?"

"그래. 비교적 이른 나이에 성공해서 톱스타로 살아가는 삶. 나쁘지 않잖아?"

"그렇죠."

"이제 남은 건 딱 하나야."

"그게 뭡니까?"

"괜찮은, 아니, 좋은 남자를 만나서 결혼하는 것. 거기까지만 성공하면 이번 삶은 완벽할 것 같아."

'이번 삶!'

신은하가 무심코 던진 이야기 중에는 그녀가 회귀자임을 알아챌 수 있는 중요한 단서가 섞여 있었다.

바로 '이번 삶은 완벽할 것 같다'고 말한 부분이었다.

일반인이라면 무심코 넘겼을 부분.

그렇지만 나는 회귀자였다.

게다가 신은하가 회귀자란 사실을 알고 있는 변종 회귀자.

그래서 그녀와의 대화 중에 잔뜩 신경을 곤두세운 채 집중하고 있었기에 이번 삶은 완벽할 것 같다고 무심코 꺼낸 말을 놓치지 않은 것이었다.

'지난 생에서는 결혼에 실패했었나?'

내 기억 속 신은하는 결혼을 했었다.

언론에서 대서특필했기에 난 그녀와 결혼한 남자가 꽤 이름이 알려진 재벌가의 자제란 사실도 알고 있었다.

그리고 결혼하자마자 그녀는 연예계 은퇴를 선언했고, 그 후에는 그녀에 대한 소식을 듣지 못했었다.

하지만 방금 꺼낸 말을 통해서 신은하의 결혼 생활이 그리 순탄치 않았음을 추론하는 것이 가능했다.

"그래서… 네가 중요해."

그때 신은하가 불쑥 말했다.

"무슨 뜻입니까?"

"완벽한 이번 삶을 위해서는 진우, 네 역할이 무척 중요하다고."

신은하의 눈빛, 부담스러울 정도로 강렬했다.

"내가 널 점찍었거든."

그리고 내 눈을 똑바로 바라보며 신은하가 한 말.

대놓고 고백하는 것이나 마찬가지였다.

현 시점 대한민국 남자들의 우상이라 할 수 있는 신은하에게서 고백을 받은 상황이었지만, 난 전혀 기쁘지 않았다.

오히려 더 부담스러울 뿐이었다.

"우리는 친구죠."

그래서 일부러 선을 그었지만, 신은하는 쉽게 포기하지 않았다.

"친구 사이에서 연인 사이로 발전하는 경우도 많거든."

"그럴 일은 절대 없을 겁니다."

"세상에 절대는 없는 법이거든."

신은하는 끈질긴 면모가 있었고, 그것까지 내가 어찌할 수는 없는 노릇이었다.

'알아서 조심하는 수밖에.'

이렇게 속으로 생각하면서 내가 두 눈을 빛냈다.

'사람마다 목적이 달라.'

같은 회귀자인만큼 신은하도 미래에 대한 기억과 지식을 갖고 있었다.

그러나 그녀의 행보는 나와 달랐다.

'욕심이 없다고 표현하면 될까?'

아까 신은하에게 지금의 삶에 만족하느냐는 질문을 던졌던 이유.

같은 회귀자임에도 불구하고 그녀가 보여 주는 삶의 행보가 나와는 달랐기 때문이었다.

그리고 이어진 대화를 통해서 신은하는 굳이 미래를 바꿀 욕심이 없다는 것을 알아챌 수 있었다.

'이미 알고 있는 미래 지식을 활용할 뿐이야. 그리고 그녀가 바꾸고 싶은 것은 배우자 딱 하나뿐이야.'

더 큰 부자가 되고 싶다는 욕심, 또, 세상을 바꾸고 싶다는 거창한 욕심이 없기 때문에 회귀자 신은하의 행보는 나와 달리 조심스러웠다.

'동반자처럼 함께 살아가면 되는 거야.'

만약 이해가 충돌하는 경우만 발생하지 않는다면?

나와 신은하는 같은 회귀자임에도 불구하고 특별히 부딪칠 일은 없었다.

그리고 신은하만이 아니었다.

세상 어딘가에 존재할 또 다른 회귀자도 마찬가지일 거라는 생각을 하며 내가 그녀에게 질문했다.

"'블루윈드'로 들어올 겁니까?"

내 질문에 그녀가 두 눈을 초롱초롱 빛내며 대답했다.

"진우가 원한다면 들어갈게."

"저는 그리 원하지 않습니다."

"그럼 안 들어갈게."

'왜… 이래?'

신은하와 골든 키 스튜디오의 전속 계약은 곧 끝난다. 그리고 골든 키 스튜디오와의 전속 계약이 끝나자마자, 난 그녀가 당연히 '블루윈드'로 적을 옮길 거라 예상했다.

그런데 그 예상이 빗나간 셈이었다.

"요즘 '블루윈드' 잘나갑니다."

"나도 알아."

"그런데 너무 쉽게 포기하시는 것 아닙니까?"

신은하의 선택에 의아함을 품은 내가 질문하자, 그녀가 생 긋 웃으며 되물었다.

"'블루윈드' 최대 지분 보유자로서 날 놓칠까 겁나?"

"그냥 질문에만 대답해 주시면 안 됩니까?"

내가 정색한 채 말하고 나서야 신은하가 대답을 꺼냈다.

"좀 찝찝해서 그래."

"찝찝하다니요?"

"우리 대표님이 이렇게 순순히 물러날 분이 아니거든."

'우리 대표님? 현재 '골든 키 스튜디오'의 대표가 누구 지?'

난 당연히 신은하가 언급한 우리 대표님이 현 '골든 키 스 튜디오'의 대표 이사라고 생각하고 입을 열었다.

"장영학 대표를 말씀하시는 겁니까?"

그래서 질문하자, 신은하가 고개를 흔들었다.

"에이, 장영학 대표는 힘없어. 바지 사장이거든."

"바지 사장요?"

"그래."

"그럼 아까 언급하신 우리 대표님은 누구를 의미하는 겁니까?"

"누구긴 누구겠어? 정종수 대표지."

"⋯⋯?"

"골든 키 스튜디오가 정종수 대표 거라는 건 변하지 않아."

"하지만 정종수 대표는 구속됐습니다."

"그러면 뭐 해. 감옥에 있는 정종수 대표가 심어 둔 수족이 회사를 경영하고 있는데."

"수족요?"

"응. 지금 '골든 키 스튜디오' 대표인 장영학은 아까도 말했듯 바지 사장이고, 실세는 실장인 고병익이야. 그리고 고병익 실장은 정종수 대표의 오른팔이야."

신은하의 이야기를 들은 내가 표정을 굳혔다.

정종수 대표가 구속된 것으로 '골든 키 스튜디오'는 끝났다고 단순하게 판단했다.

그런데 그게 아니었다.

정종수 대표가 수족을 심어 옥중 경영을 할 수 있다는 사실을 간과했다는 것을 깨달은 순간 불안감이 커졌다.

그리고 그 순간 신은하가 덧붙였다.

"우리 대표님, 그렇게 호락호락한 분이 아니야. 이대로 '골든 키 스튜디오'를 포기할 사람이 아니란 뜻이지."

*　　　*　　　*

영화 '살아남은 소녀'의 제작 보고회.

흥행 감독 강우식이 사 년의 공백기를 가진 후 들고 나타난 복귀작이었기에 매스컴의 취재 열기는 뜨거웠다. 그리고 이강희가 '살아남은 소녀'의 주연 배우였기에, 신대섭도 제작 보고회에 참석했다.

"자신 있나 보네."

이강희의 표정에 여유가 묻어나는 것을 통해서 신대섭이 유추했을 때, 기자들이 질문을 던지기 시작했다.

"강우식 감독님, 이번 공백기가 무척 길었는데, 이전보다 공백기가 더 길어진 특별한 이유가 있습니까?"

"시나리오 수정 작업에 시간이 많이 걸렸기 때문입니다."

"시나리오 수정 작업에 특별히 공을 들이신 이유가 있습니까?"

"여기 있는 이강희 씨 때문입니다."

"네?"

"이강희 씨에게 어울릴 매력적인 캐릭터를 창조하기 위해서 고심하다 보니까, 수정 작업이 길어졌습니다. 그리고 이강희 씨는 제 기대에 어울리는 훌륭한 연기를 선보였습니다. 극장에서 확인하시면 깜짝 놀라실 겁니다."

'강우식 감독이 영리하긴 하네.'

이강희의 주가가 치솟았다는 것을 간파한 강우식 감독은 그녀를 최대한 활용하기 위해서 시나리오 수정을 거쳤다. 그리고 제작 보고회에서도 이강희를 부각시키면서 영화 홍보에 활용하는 것이 강우식 감독이 영리하단 증거였다.

"강희에게도 나쁠 건 없지."

신대섭이 속으로 생각하며 흐릿한 미소를 머금은 채 혼잣말을 더했다.

"이제 강희는 걱정하지 않아도 되겠구나."

그때였다.

지이잉, 지이잉.

뒷주머니에 꽂아 둔 휴대 전화가 진동했다.

"선우구나."

얼마 전 '골든 키 스튜디오'를 떠나 '블루윈드'로 적을 옮긴 하선우에게서 걸려 온 전화임을 확인한 신대섭이 통화 버튼을 눌렀다.

"선우야, 무슨 일로 전화했어?"

—오빠, 지금 어디예요?

"'살아남은 소녀' 제작 보고회에 와 있는데. 왜? 무슨 일 있어?"

―꼭 드릴 말씀이 있어서요.

"지금?"

―네, 좀 급한 일이에요.

"무슨 일인데?"

―그건 만나서 말씀드릴게요.

신대섭이 손목시계로 시간을 확인했다.

원래 계획은 제작 보고회가 끝난 후에 열릴 예정인 티타임에 참석한 후에 이강희와 함께 회사로 복귀하는 것이었다.

하지만 통화를 하는 하선우의 목소리가 심상치 않았기에 잠시 고민하던 신대섭이 일정을 바꾸기로 결심했다.

"알았다. 사무실에서 만날까?"

―네, 사무실로 갈게요.

"그래, 조심히 와. 이따 보자."

하선우와 통화를 마친 신대섭이 이강희의 로드 매니저인 조운천에게 다가갔다.

"운천아."

"네, 대표님."

"내가 급한 일이 생겨서 먼저 사무실로 들어가 봐야겠다. 보고회 끝나면 강희한테 설명해 주고 티타임 끝나면 잘

데리고 와."

"알겠습니다. 걱정 마시고 들어가세요."

조운천에게 사정을 설명한 신대섭이 제작 보고회장을 빠져나와 지하 주차장으로 향했다.

"무슨 일이지?"

하선우가 급히 하려는 이야기가 무엇일까에 대해서 고민하며 신대섭이 주차해 두었던 차에 막 도착했을 때였다.

끼이익.

급정거를 하는 소리가 등 뒤에서 들렸다.

신대섭이 놀라서 고개를 돌리자 회색 봉고차의 문이 열리고 검정 양복을 입은 남자가 물었다.

"신대섭 씨?"

"그런데요. 누구……?"

신대섭은 질문을 마치지 못했다.

퍽.

누군가 목덜미를 수도로 가격했기 때문이었다.

"큭!"

짤막한 신음성과 함께 쓰러진 신대섭의 정신이 흐릿해졌다.

"태워."

매섭기 짝이 없는 목소리를 들은 것을 끝으로 신대섭의 기억이 끊겼다.

　　　　　*　　　　　　*　　　　　　*

'블루윈드' 사무실.

신대섭에게 열두 번째로 전화를 걸어 보았지만, 통화는 연결되지 않았다.

'무슨 일이 생겼어.'

연락이 두절됐다는 것이 신대섭에게 변고가 생겼다는 증거.

잘근잘근.

난 휴대 전화를 귀에 갖다 댄 채 초조한 기색으로 손톱을 잘근잘근 깨물고 있는 하선우를 노려보았다.

"신대섭 씨와 마지막으로 통화를 할 때 '블루윈드' 사무실에서 만나기로 약속했다고 했죠?"

"네."

"그런데 신대섭 씨가 나타나지 않았다?"

"맞습니다."

"무슨 이유로 만나자고 했습니까?"

"그건… 드릴 말씀이 있어서였어요."

"말해 보시죠."

"네?"

"신대섭 씨를 만나서 하려던 이야기를 제게 해 보란 말입니다."

"…곤란합니다."

"말하기 곤란하다? 이유는요?"

"대섭 오빠한테만 밝힐 수 있어요."

하선우는 그 말을 마친 후 굳은 표정으로 입을 다물었다.

'입을 열게 만들기는 힘들겠구나.'

그녀의 입을 열게 만드는 것이 불가능하다고 판단한 내가 화제를 전환했다.

"하선우 씨가 '골든 키 스튜디오'를 떠나서 '블루윈드'로 적을 옮긴 이유는 무엇입니까?"

"대섭 오빠 때문이었어요."

"신대섭 씨를 믿고 '블루윈드'로 적을 옮겼단 뜻인가요?"

"네."

"이상하네요. 제가 알아본 바로는 신대섭 씨와 하선우 씨의 인연은 그리 깊지 않았습니다. 그런데 어떻게 신대섭 씨를 믿고 '블루윈드'로 적을 옮기는 선택을 내릴 수 있었던 거죠?"

"그건… 평판 때문이었어요. '블루윈드'와 대섭 오빠에 대한 평판이 워낙 좋았거든요. 대섭 오빠가 이끄는 회사라면 믿을 수 있겠다. 이런 판단이 들어서 결정을 내린 거예요."

"일단… 알겠습니다."

'뭔가를 감추고 있다.'

초조한 기색이 극에 달해 있는 하선우와 대화를 나누던 난 의심을 품었다.

하지만 정확히 무엇을 감추고 있는가까지는 알아내기 힘든 상황.

그리고 더 급한 것은 행적이 묘연해진 신대섭을 찾는 것이었기에 난 하선우와의 대화를 더 이어 나가지 않고 휴대 전화를 꺼내서 이강희의 매니저인 조운천과 통화했다.

"서진우입니다."

—네, 이사님.

"지하 주차장을 확인해 봤습니까?"

—네. 신대섭 대표님의 차량을 발견했습니다.

'차를 그냥 두고 택시를 탔을 가능성은 희박해. 그렇다면… '살아남은 소녀'의 제작 보고회가 열렸던 건물 지하 주차장에서 납치됐을 가능성이 높아. 그리고 신대섭을 납치하라 지시할 사람은 정종수가 유력해.'

내가 빠르게 생각을 이어 나가고 있을 때였다.

"서진우 씨, 신 대표님한테 무슨 일이 생긴 거야?"

조운천의 휴대 전화를 뺏은 이강희가 초조한 목소리로 물었다.

"아무래도… 납치된 것 같습니다."

"납치? 누가 신 대표님을 납치해?"

"그건 이제부터 알아봐야죠."

골든 키 스튜디오 정종수 전 대표의 소행이 유력했지만, 난 그 사실까지는 밝히지 않았다.

"일단 끊어 보시죠. 급하게 연락해야 할 곳이 있습니다."

대신 통화를 종료하고 바로 이청솔에게 연락했다.

─오, 후배님, 무슨 일이야?

이청솔은 반가운 목소리로 전화를 받았다.

"선배님, 일이 좀 생겼습니다."

─일? 무슨 일?

내 목소리가 심상치 않음을 눈치챈 이청솔의 목소리도 굳어졌다.

"저와 함께 일하는 신대섭 대표가 납치된 것 같습니다."

─납치를 당했다고? 확실해?

"네."

─어디서 납치를 당했는데?

"종로 우성빌딩 지하 주차장에서 납치를 당한 것 같습니다."

─경찰에는 연락했어?

"아직입니다. 선배님에게 가장 먼저 연락드렸습니다."

─알았어. 나머지는 내가 알아서 움직이지. 뭔가 알아내면 바로 연락할게.

"번번이 감사합니다."

이청솔이 움직였으니 경찰과 검찰의 수사가 본격적으로 시작될 터.

그렇지만 난 불안감을 지우지 못했다.

경찰이 납치된 신대섭을 찾아냈을 때는 너무 늦지 않았을까 하는 우려가 들어서였다.

'어떻게 찾지?'

벌떡 일어나서 방법을 찾던 내가 퍼뜩 떠올린 것, 신은하와 나누었던 대화였다.

"골든 키 스튜디오가 정종수 대표 거라는 건 변하지 않아. 감옥에 있는 정종수 대표가 심어 둔 수족이 회사를 경영하거든. 아까도 말했듯 지금 '골든 키 스튜디오'의 대표인 장영학은 바지 사장이고, 실세는 실장인 고병익이야. 그리고 고병익 실장은 정종수 대표의 오른팔이야."

'고병익이 움직일 거야.'

정종수는 교도소에 수감된 상황.

그의 지시를 받아서 이번 납치 사건을 주도한 것은 고병익일 확률이 높았다.

그런 만큼 그가 직접 움직였을 가능성이 높다고 판단한 나는 바로 신은하에게 전화를 걸었다.

—진우야, 무슨 일로 전화했어? 내가 보고 싶어서 전화한

거야?

신은하는 습관성 교태를 부렸다.

평소였다면 장단을 맞춰 줬겠지만, 지금은 상황이 너무 급했다.

"지금 황철순 씨와 같이 있습니까?"

―같이 있긴 한데. 그건 왜 물어?

"좀 바꿔 주십시오."

―철순 오빠를 바꿔 달라고? 그럼 나랑 통화하고 싶어서 전화한 게 아니었어?

"어서요."

―서운해.

내가 재촉하고 나서야 신은하는 황철순을 바꿔 주었다.

―황철순입니다.

"서진우입니다."

―무슨 일로……?

"시간이 없으니까 단도직입적으로 말씀드리겠습니다. 신대섭 씨가 납치를 당한 것 같습니다."

―그게… 사실입니까?

여유롭던 황철순의 목소리가 다급하게 바뀌었다.

"제 짐작엔 정종수 대표가 지시를 내린 것 같습니다."

―하지만 정종수 대표는 현재 교도소에 수감되어 있지 않습니까?

"고병익 실장에게 지시를 내렸을 겁니다."

―아!

"그래서 드리는 말씀인데… 혹시 지금 고병익 실장의 위치를 알 수 있습니까?"

―잠시만 기다려 주십시오. 알아보고 바로 연락드리겠습니다.

황철순은 신대섭을 존경한다고 말했다.

그런 신대섭이 납치를 당했다는 소식을 접하자 마치 자기 일처럼 나서기 시작했다.

'기다리자.'

황철순에게서 다시 연락이 오길 기다리는 것 외에는 달리 방법이 없는 상황.

난 초조한 기색으로 휴대 전화를 노려보았다.

지이잉, 지이잉.

다시 황철순에게서 전화가 걸려온 것은 통화를 마치고 2분가량 흐른 후였다.

그렇지만 초조해서인지 2분이 2시간처럼 길게 느껴졌다.

"알아냈습니까?"

―네, 막 회사를 나갔다고 합니다.

"혹시 어디로 움직이는지도 알 수 있습니까?"

―후배에게 고병익 실장의 뒤를 따라붙으라고 지시했습니다. 그 후배에게 서진우 씨의 번호를 알려 주겠습니다. 곧 연

락이 올 겁니다.

황철순은 일 처리가 깔끔한 편이었다. 그래서 내가 안도하며 자리에서 일어났을 때, 그가 물었다.

─어쩌실 겁니까?

"찾아가야죠."

─서진우 씨 혼자서요?

"네."

─너무… 위험합니다.

황철순이 우려 섞인 목소리를 꺼냈다.

"압니다. 그래도 가야죠."

─하지만…….

"신대섭 씨는 제게 무척 중요한 사람이거든요."

그 말을 끝으로 통화를 종료한 내가 바로 사무실을 빠져나가 주차장에 세워 두었던 각그랜저에 올라탔다. 그리고 시동을 걸자마자 낯선 번호로 전화가 걸려 왔다.

"여보세요?"

─서진우 씨?

"네, 맞습니다."

─황철순 선배님에게 부탁 받고 연락드렸습니다. 지금 고병익 실장이 운전하는 차량을 쫓고 있는데요.

"지금 어디로 가고 있습니까?"

─막 경부 고속 도로에 진입했습니다.

"알겠습니다. 계속 쫓아가면서 위치를 알려 주십시오."

고병익의 목적지.

그곳에 납치된 신대섭이 머물고 있을 거란 확신을 하며 난 액셀러레이터를 밟았다.

Chapter. 4

안성 외곽에 위치한 폐공장.

약 500미터 앞에서 주차한 후 운전석에서 내리자, 한 남자가 다가왔다.

"서진우 씨?"

황철순의 지시를 받아 고병익의 뒤를 밟은 후배였다.

"네, 고병익 실장은 언제 들어갔습니까?"

"안에 들어간 지 십 분 정도 지났습니다."

"알겠습니다."

각그랜저의 트렁크를 연 내가 미리 구입해 둔 수련용 목검을 꺼냈다.

그 모습을 지켜보던 남자가 깜짝 놀란 표정으로 물었다.

"설마 들어가실 겁니까?"

"네."

"너무 위험합니다."

남자도 아까 황철순과 같은 말을 꺼낸 후 질문했다.

"경찰에 연락은 안 했습니까?"

"했습니다. 지금쯤 이리로 찾아오고 있을 겁니다."

"그럼 경찰이 도착할 때까지 기다리는 게 낫지 않겠습니까?"

남자의 말이 끝났을 때, 난 목검을 움켜쥐며 되물었다.

"영화 좋아하십니까?"

"영화… 요?"

내 질문이 뜬금없어서일까.

남자가 당황한 표정을 지은 순간, 내가 웃으며 덧붙였다.

"영화를 보면 경찰은 항상 상황이 끝나고 난 후에야 현장에 도착합니다."

"아!"

"지금도 마찬가지일 겁니다. 경찰이 도착할 때까지 기다리면, 신대섭 씨를 구하지 못할 가능성이 높습니다."

"그래도… 너무 위험합니다."

남자는 여전히 위험하다고 만류했다.

그렇지만 이미 난 결심을 굳힌 후였기에, 빙긋 웃으며 입을 뗐다.

"제가 싸움을 좀 합니다."

*   *   *

"으으윽."

신대섭이 신음을 흘리며 깨어났다.

그런 그의 눈에 가장 먼저 들어온 것은 낯익은 얼굴이었다.

"고… 실장?"

고병익이 맞은편 의자에 앉아 있는 것을 확인한 신대섭이
영문을 모르겠다는 표정을 지었다.

지금 상황이 잘 이해가 안 갔기 때문이었다.

그리고 고병익은 눈치가 빨랐다.

"신 실장, 지금 상황이 잘 이해가 안 가지?"

"……"

"그러니까 적당히 했어야지. 남의 애들을 그렇게 마구 빼
가고도 정 대표님이 가만히 둘 거라고 생각했어? 너무 순진한
것 아냐?"

"정종수 대표가… 시킨 거야?"

"아주 바보는 아니었네."

고병익이 한쪽 입매를 일그러트리며 덧붙였다.

"신 실장이 자초한 일이야. 그러니까 누굴 원망하지는 말

라고."

"날 어쩔 생각이지?"

"죽일 거야."

"그럼 빨리 죽이지 않고 왜 지금까지 기다린 거야?"

"신 실장한테 궁금한 게 있어서."

"뭐가 궁금하지?"

"내가 신 실장을 잘 알잖아. 그래서 이강희 사건을 수습하는 과정을 지켜보다 보니까 의문이 생기더라고."

"무슨 의문이 생겼다는 거지?"

"우리 신 실장, 사람은 좋아도 대가리가 좋지는 않았는데, 대체 어떻게 저렇게 수습을 잘했지? 누가 끼어들었나? 이런 의문이 들더란 말이야. 그래서 한번 물어보려고. 신 실장을 도운 게 누구야?"

'서진우!'

신대섭이 바로 서진우를 떠올렸다.

부도 위기에 몰렸던 '블루윈드'에 투자를 하고, 여론의 추이를 정확히 예측하며 이강희 사태를 빠르게 수습했던 장본인이 서진우였기 때문이었다.

'이런 의문을 품을 만했네.'

고병익, 그리고 정종수 대표 입장에서는 그 일련의 과정에 누군가 관여한 게 아닐까 하는 의심을 품었을 만했다.

"있어."

"역시 내 예상이 맞았네. 누구야?"

"천재."

"천재?"

"날 죽여도 '블루윈드'는 절대 무너지지 않아. 그 천재가 '블루윈드'를 이끌면 지금보다 더 빠르게 성장할 거니까."

"그러니까 그게 누구냐고?"

원래 신대섭은 입을 열어 대답하지 않을 생각이었다.

그렇지만 도중에 생각을 바꾼 이유.

그그그극.

폐공장의 문을 열고 서진우가 안으로 들어오는 모습을 확인했기 때문이었다.

"직접 봐."

"……?"

"찾아왔으니까."

서진우를 발견한 신대섭이 반색했다.

하지만 밝아졌던 표정은 이내 어두워졌다.

당연히 경찰들과 함께 찾아왔을 거라 판단했던 서진우가 혼자서 폐공장 안으로 들어왔기 때문이었다.

"너, 뭐야?"

고병익의 질문에 서진우가 대답했다.

"친구이자 동료인 신대섭 씨를 구하러 온 정의의 사도."

고병익이 황당한 시선을 던졌다.

지금 이 폐공장 안에는 자신과 신대섭, 둘만 있는 것이 아니었다.

백사파 보스인 김무성과 백사파 조직원들이 함께 머물고 있었다.

그런데 단신으로 걸어 들어와서는 정의의 사도라고 자기 입으로 떠들어 대는 남자가 이해가 가지 않는 것이었다.

'믿는 구석이라도 있나?'

남자도 눈이 있을 터.

그러니 김무성과 백사파 조직원들이 보지 못했을 리 없었다.

그럼에도 불구하고 젊은 남자의 표정이 너무 태연했기에 고병익이 슬쩍 미간을 찌푸렸을 때였다.

"너흰 실수했어."

"……?"

"목검 든 내가 제대로 열받았거든."

'미친놈이구면.'

상황 파악을 제대로 못 하고 씨익 웃고 있는 남자를 확인한 고병익이 제대로 미친놈이라 판단하며 김무성에게 고개를 돌렸다.

"김 사장님, 처리 부탁드립니다."

벽에 등을 기댄 채 여유롭게 서 있던 김무성이 고개를 끄덕이며 나섰다.

"처리하고 빨리 가자."

지금 폐공장 안으로 들어선 젊은 남자는 신경이 쓰이지 않았다.

김무성이 진짜 신경이 쓰이는 것은 뒤를 밟혔다는 점이었다.

'멍청한 새끼.'

김무성이 고병익을 한심하게 바라보았다.

젊은 남자가 여기에 찾아왔다는 것은 고병익이 뒤를 밟혔다는 증거였다. 그리고 신대섭을 납치해서 감금하고 있는 위치가 드러났으니, 머잖아 경찰이 들이닥칠 터.

그때는 진짜 골치가 아파지기 때문에 최대한 빨리 일을 마무리하고 떠나야 했다.

김무성의 지시를 받은 수하들이 젊은 남자를 향해 다가갔다.

"미친 새끼."

수하들이 젊은 남자를 처리하기 위해서 움직였지만, 김무성은 그쪽으로 시선도 주지 않고 신대섭에게 다가갔다.

스윽.

품속에서 회칼을 꺼낸 김무성이 신대섭의 목을 그으려고 했을 때였다.

부우웅.

매서운 파공음이 들렸다.

깜짝 놀란 김무성이 본능적으로 뒷걸음질을 칠 때였다.

퍼억!

목검이 회칼을 쥐고 있던 오른 손목을 때렸다.

"크흑!"

엄청난 통증에 김무성의 머릿속이 하얗게 변했다.

챙그랑.

뼈가 부러진 걸까.

오른손에 힘이 전혀 들어가지 않았다.

그로 인해 회칼이 바닥에 떨어졌지만, 김무성은 다시 집어들 생각도 하지 못하고 멍하니 주변을 살폈다.

'어떻게… 된 거지?'

이번 일을 처리하기 위해서 자신이 끌고 온 백사파 수하들은 총 아홉.

그런데 그 아홉의 수하들은 젊은 사내를 감당하지 못하고 쓰러져 있었다.

'언제……?'

김무성의 머릿속이 헝클어졌다.

백사파 내에서 주먹을 꽤 쓰는 놈들로 나름 엄선해서 데려왔음에도 젊은 남자 하나를 감당하지 못하고 모두 쓰러져 있었다.

'그리고 어떻게……?'

바닥에 쓰러져 있는 수하들을 자신의 눈으로 보면서도 지금의 상황이 제대로 납득이 가지 않았다.

그런 그의 시선이 젊은 남자에게로 향했다.

"너, 정체가 뭐야?"

단신으로 목검 한 자루만 든 채로 그 짧은 사이에 아홉이나 되는 수하들을 쓰러뜨리는 것.

뒷골목 건달 생활을 하면서 잔뼈가 굵은 김무성으로서도 처음 경험하는 상황이었다.

그래서 젊은 남자의 정체에 대해서 호기심이 치밀었을 때였다.

"아까 말했잖아? 정의의 사도라고."

"이런 미친 새끼가……."

김무성이 하려던 말을 마치지 못하고 급히 입을 다물었다.

젊은 남자가 돌연 목검을 휘둘렀기 때문이었다.

부우웅.

좌에서 우로 휘둘러지는 목검의 궤적을 파악해서 뒤로 물러나 피한 후 반격을 가한다는 계획을 빠르게 세운 김무성이 바로 뒷걸음쳤다.

퍽.

그러나 김무성은 계획대로 행하지 못했다.

일단 목검을 피하고 난 후에 반격을 가하려 했는데 목검을 피하지 못했기 때문이었다.

목검에 얻어맞은 옆구리에서 전해지는 통증은 엄청났다.

'대체 왜?'

그 통증으로 인해 입을 쩍 벌린 채 김무성은 지금의 상황을 복기했다.

'분명히 피했는데.'

재빨리 뒷걸음쳤기에 목검이 만들어 내는 공격 범위를 충분히 벗어났다고 확신했는데 옆구리에 공격을 허용한 것.

도무지 이해가 가지 않았다.

'더 늘어났다?'

목검의 길이가 갑자기 늘어난 것을 제외하고는 지금의 상황을 설명하기 어렵다고 판단했던 김무성의 생각은 더 이상 이어지지 않았다.

퍽!

어느새 다가온 남자의 목검에 머리를 맞고 그 충격에 정신을 잃었기 때문이었다.

*   *   *

"이게… 뭐야?"

고병익이 두 눈을 부릅떴다.

혼자서 폐공장 안으로 걸어 들어온 젊은 사내의 표정에 여유가 넘치던 것이 계속 신경이 쓰였다.

그렇지만 고병익은 이내 불안감을 지워 버렸다.

백사파 보스인 김무성과 그의 수하들을 믿었기 때문이었다.

그런데 그 믿음이 와르르 무너지는 데는 오랜 시간이 걸리지 않았다.

"뭘… 어떻게 한 거야?"

젊은 사내가 움직이기 시작한 순간부터 지금까지 고병익은 잠시도 눈을 떼지 않고 고스란히 지켜보았다.

그럼에도 불구하고 지금의 상황이 전혀 이해가 가지 않았다.

어른과 어린아이의 싸움처럼 느껴진다고 표현하면 정확할까.

젊은 사내가 가볍게 목검을 휘두른 것뿐이었는데 백사파 조직원들이 픽픽 쓰러졌다.

마치 백사파 조직원들이 일부러 목검 공격을 피하지 않고 맞아 주며 쓰러지는 것처럼 보였을 정도였다.

그리고 아직 끝이 아니었다.

고병익이 알고 있는 김무성은 무서운 자였다.

그런데 김무성 역시 젊은 사내에게 일방적으로 공격을 허용하다가 맥없이 쓰러져 버렸다.

'사신!'

입가에 희미한 미소를 지은 채 자신을 향해 다가오고 있는 젊은 사내를 바라보던 고병익이 머릿속으로 떠올린 단어였다.

덜덜덜.

공포에 질려 버린 고병익의 몸이 벌벌 떨리기 시작했을 때였다.

왜애앵, 왜애앵.

멀리서 경찰차의 사이렌 소리가 들려오기 시작했다.

'다행이다.'

고병익은 신대섭의 납치를 사주했던 장본인.

그래서 원래라면 경찰의 등장을 꺼렸어야 했다.

하지만 지금은 달랐다.

사신처럼 느껴지는 젊은 사내가 주는 공포에서 벗어날 수 있다는 생각에 때마침 등장한 경찰이 반가웠다.

'살았다!'

고병익이 안도의 한숨을 내쉰 순간이었다.

"시간은 충분해."

젊은 사내가 여전히 입가에 미소를 머금은 채 말했다.

아직 앳된 기색이 역력한 젊은 사내가 반말을 내뱉고 있었지만, 이미 공포에 질린 고병익은 그것을 탓할 생각도 못 했다.

'시간이 충분하다니. 무슨 뜻이지?'

대신 젊은 사내가 불쑥 내뱉은 말속에 담긴 의미를 파악하기 위해서 애쓰고 있을 때였다.

"경찰이 도착하기 전에 그쪽을 처리할 수 있단 뜻이야."

"……."

"살고 싶으면 똑바로 대답해."

고병익이 마른침을 꿀꺽 삼켰을 때, 젊은 사내가 물었다.

"하선우의 약점을 손에 쥐고 있지?"

'어떻게 알았지?'

젊은 사내가 던진 질문을 들은 고병익이 두 눈을 치켜떴을 때였다.

"맞나 보네."

자신의 표정을 통해 하선우의 약점을 손에 쥐고 있다는 사실을 간파한 젊은 사내가 다시 질문했다.

"그 약점이 대체 뭐야?"

*   *   *

끼이익.

이청솔이 폐공장 앞에 차를 급정거하고 운전석에서 내렸다.

그런 그가 먼저 현장에 도착해 있는 천태범을 발견하고 다가갔다.

"천태범, 어떻게 됐어?"

딱딱하게 굳어 있는 천태범의 표정을 확인한 이청솔이 불안감을 느끼며 다시 질문했다.

"서진우, 다쳤어?"

"후우."

천태범은 대답 대신 깊은 한숨을 내쉬었다.

그로 인해 이청솔의 불안감이 더욱 짙어졌을 때였다.

"직접 들어가서 확인해 보세요."

천태범이 제안했다.

이청솔이 불안감을 밀어내기 위해서 애쓰며 서둘러 폐공장 안으로 들어갔다.

"선배님, 오셨습니까?"

그때, 서진우의 목소리가 들려왔다.

'멀쩡하네.'

서진우가 무사하다는 사실을 확인한 이청솔이 일단 안도의 한숨을 내쉬었다.

그런 그가 주변을 살폈다. 그리고 바닥에 쓰러져 있는 검정 색 양복을 입은 남자들을 확인한 이청솔이 두 눈을 빛내며 물었다.

"이거… 후배 작품이야?"

"네."

"혼자서 이놈들을 다 제압했다?"

"제가 어릴 적부터 검도를 배웠거든요."

오른손에 들고 있던 목검을 들어 올리며 서진우가 대답했다.

그렇지만 이청솔은 거짓말임을 금세 알아챘다.

검도 유단자라고 해도 조직폭력배들을 혼자서 열씩이나 제

압하는 것은 불가능하다는 사실을 잘 알기 때문이었다.

"괜히 서둘렀군."

그제야 긴장이 풀린 이청솔이 불평을 터트렸다.

아까 자신과 통화하던 서진우의 목소리에는 다급함이 묻어났다.

어쩌면 납치 사건의 피해자뿐만 아니라 서진우도 큰 위험에 처할 수 있단 생각에 서둘렀는데.

괜한 우려였다는 생각이 든 것이었다.

"혹시 '골든 키 스튜디오' 대표였던 정종수를 기억하십니까?"

그때 서진우가 물었다.

"당연히 기억하지."

이청솔이 대답했다.

자신이 직접 수사를 지휘해서 구속까지 시켰는데 '골든 키 스튜디오' 대표였던 정종수를 기억하지 못할 리 없었다.

"그자가 이번 납치 사건의 배후입니다."

"뭐?"

서진우가 덧붙인 이야기를 듣고 이청솔이 깜짝 놀랐을 때였다.

"저 남자의 이름은 고병익입니다. 현재 '골든 키 스튜디오' 실장으로 근무하고 있는데 정종수 대표의 오른팔입니다. 오시는 동안 고병익이 정종수 대표의 지시를 받아서 경쟁 업체인

'블루윈드' 신대섭 대표를 납치했다고 실토했습니다."

"정말… 실토했어?"

"네."

이청솔이 놀란 표정을 지었다.

'자백을 참 쉽게도 받아 내네.'

이번이 처음이 아니었다.

서진우는 손쉽게 증거나 자백을 확보하는 재주가 있었다.

그래서 이청솔이 서진우에게 새삼스러운 시선을 던지며 입을 뗐다.

"후배는 만날 때마다 사람을 놀라게 하는 재주가 있군."

"선배님, 이제 시작입니다."

"응?"

"앞으로 더 자주 놀라시게 될 겁니다."

*　　　　　*　　　　　*

각그랜저를 타고 서울로 이동하는 길.

어느 정도 진정이 된 신대섭이 말했다.

"너무 무모했습니다."

그 이야기를 들은 내가 물었다.

"그럼 어떻게 해야 했습니까? 납치당했던 신대섭 씨가 죽도록 그냥 내버려 두는 것이 옳았습니까?"

"그건……."

"다음에 똑같은 일이 벌어지더라도 난 같은 선택을 할 겁니다."

"……?"

"신대섭 씨는 내게 무척 소중한 사람이니까요."

빈말이 아니다.

이번 생의 내게 신대섭은 무척 중요한 인물이다.

만약 내가 그를 찾아내는 것이 조금만 늦었다면, 또 내가 무휼에게서 태극일원공을 전수받지 못했다면?

난 신대섭을 하마터면 허무하게 잃을 뻔했다.

'큰일 날 뻔했어.'

내 말에서 진심을 느꼈기 때문일까.

신대섭은 감동한 표정이었다.

"서진우 씨, 오늘 일은 평생 잊지 않겠습니다."

'소득이 없지는 않네.'

위험을 감수한 대가로 내가 얻은 것은 신대섭의 충성 서약이었다.

이제 신대섭은 평생 날 배신하지 않으리라.

그것만으로 위험을 감수했던 소득이 충분히 있었다고 생각하며 내가 물었다.

"많이 놀라셨죠?"

"좀, 아니, 많이 놀랐습니다. 정종수 대표가 이런 몹쓸 짓까지 벌일 거라고는 예상하지 못했거든요."

"그런데 일이 벌어졌죠."

"네."

"그리고 아직 끝이 아닐지도 모릅니다."

전방을 주시하며 내가 말을 이었다.

"중요한 건 실수를 반복하지 않는 것이죠."

실수를 하는 것은 괜찮다.

한 번 실수는 병가지상사라는 말이 괜히 있는 것이 아니다.

더 중요한 것은 실수에서 교훈을 얻어 똑같은 실수를 반복하지 않는 것이다.

'너무 방심했어.'

운전대를 잡은 채로 내가 자책했다.

지난 생의 나는 납치 등의 강력 사건과는 무관한 삶을 살았다.

하지만 이번 생은 달랐다.

지난 생과는 삶의 궤적이 바뀐 만큼, 위험의 크기도 달랐다.

나, 혹은 내 주변의 인물이 이번처럼 위험에 처하는 일이 충분히 발생할 수 있는 여건인 만큼, 그에 대한 대책을 수립하는 것이 맞았다.

신대섭도 상황의 엄중함을 알아챈 듯 굳은 표정으로 생각에 잠겨 있는 사이, 각그랜저는 목적지에 도착했다.

"신대섭 씨, 도착했습니다."

"네? 아, 네."

"어디서부터 어떻게 해야 할지 갈피를 잡기 힘들어 머리가 복잡하시죠? 이럴 때는 하나씩 해결해야 합니다."

"뭐부터 해야 할까요?"

신대섭의 질문에 내가 대답했다.

"일단 트로이의 목마부터 처리해야죠."

＊　　　　＊　　　　＊

신대섭의 납치 소식이 전해진 상황.

'블루윈드' 사무실에는 소속 배우들과 직원들이 대부분 모여 있었다.

그리고 그들이 다가 아니었다.

신은하와 황철순도 찾아와 있었다.

내가 신대섭과 함께 '블루윈드' 사무실로 들어서자, 그의 안위를 걱정하고 있던 직원들과 배우들이 안도하며 환호하며 박수를 쳤다.

"대표님, 무사히 돌아오셔서 다행이에요."

"다친 데는 없으세요?"

"너무 걱정했어요."

모두 진심으로 신대섭을 걱정하는 사이, 신은하가 내 앞으로 다가왔다.

"진우, 넌 대체 못하는 게 뭐야? 싸움 실력도 끝내준다며?"

"그건 또 어떻게 아셨습니까?"

"기수가 알려 줬어."

'기수가 누구지?'

잠시 고민하던 내가 떠올린 것.

폐공장 앞에서 만났던 황철순의 후배였다.

"황철순 씨 후배 이름이 기수입니까?"

"응, 맞아. 그리고 기수가 알려 줬어. 진우 네가 목검을 들고 혼자서 깡패들을 스무 명 넘게 쓰러트리고 대섭 오빠를 구해 냈다고."

'엿봤나 보네.'

황철순의 후배는 목검 한 자루 달랑 들고 혼자 폐공장 안으로 들어가던 내 안위를 걱정했다. 그래서 폐공장 안의 상황을 살피다가 내가 조직폭력배들을 쓰러트리는 모습을 확인하고 신은하에게 목격 내용을 전달했으리라.

'허풍이 심한 양반이네.'

잠시 후, 내가 쓴웃음을 지었다.

내가 쓰러트렸던 조직폭력배의 수는 총 열 명.

그런데 혼자서 스무 명 넘게 쓰러뜨렸다고 부풀린 것이 황철순의 후배가 허풍이 심하다는 증거였다.

"그냥 내 한 몸 지킬 수 있는 수준입니다."

잠시 후, 내가 말했지만 신은하는 믿지 않았다.

"이제 확실해졌어."

"뭐가 확실해졌다는 겁니까?"

"너에 대한 내 마음."

'또 김칫국 드링킹 시작하셨네.'

신은하가 혼자 김칫국을 마시는 것까지 말릴 방법은 없었다.

"곧 생각이 바뀔 겁니다."

"응?"

"지금부터 제가 아주 못된 짓을 할 거거든요."

영문을 모르겠다는 표정을 짓고 있는 신은하를 더 상대하는 대신 하선우의 앞으로 다가갔다.

"하선우 씨."

"네? 네."

"지금 기분이 어떠십니까?"

"당연히… 기쁘죠."

하선우가 대답한 순간, 내가 다시 말했다.

"신대섭 씨가 납치되기 전 마지막으로 통화를 했던 것이 하선우 씨였습니다. 그리고 바로 신대섭 씨는 납치당했죠. 저는 이것이 우연이라고 생각하지 않습니다."

"그게… 무슨 뜻이죠?"

하선우의 눈동자는 초점을 잃고 흔들리고 있었다.

"제대로 이해를 못 하시는 듯하니 다시 설명드리죠. 신대섭 씨를 그 타이밍에 지하 주차장으로 유인한 것이 하선우 씨라고 의심하고 있다는 뜻입니다."

"무슨 말도 안 되는……."

하선우는 세상 억울한 표정을 짓고 있었다.

'확실히 배우가 다르긴 하네.'

다른 사람들이라면 하선우의 연기에 속았으리라.

그렇지만 난 속지 않는다.

이미 의심이 아니라 확신을 갖고 있는 상황이기 때문이다.

"배우로 데뷔하기 전, 유흥 주점에서 접대부로 일한 적이 있죠?"

내가 추궁하자, 하선우가 두 눈을 부릅떴다.

그런 그녀의 눈동자는 아까보다 더 격렬하게 흔들리고 있었다.

시인도, 부인도 하지 못하고 멍하니 서 있는 하선우의 모습은 무척 위태롭게 느껴졌다.

그렇지만 난 멈출 생각이 없었다.

"유흥 주점에서 접대부로 일하던 하선우 씨를 배우로 데뷔시킨 것이 정종수 대표였습니다. 그리고 정종수 대표는 하선우 씨의 약점을 폭로하겠다는 협박을 하며 '블루윈드'로 적을 옮기라고 지시했습니다. 트로이의 목마 역할을 맡기기 위해서죠. 그리고 하선우 씨는 그 역할을 충실히 이행했습니다. 신대섭 씨에게 전화를 걸어서 급히 할 이야기가 있다며 지하 주차장으로 유인했으니까요."

"대체 무슨 말도 안 되는……."

"고병익 실장에게 직접 들었습니다."

"……."

"고병익 실장이 거짓말을 했다고 주장하고 싶으신 건가요? 그럼 대질이라도 해 볼까요?"

내 추궁이 이어지자, 하선우는 더 버티지 못했다.

"나는… 나는… 어쩔 수 없었어요."

"선택의 여지가 없었다는 뜻인가요?"

"네."

마치 이 말을 꺼내 주길 기다렸다는 듯이 하선우가 냉큼 대답했다.

그러나 난 고개를 흔들었다.

"선택의 여지는 충분히 있었습니다."

"네?"

"하선우 씨가 다른 선택지를 스스로 지웠을 뿐이죠."

"……?"

"본인이 피해를 입는 것을 두려워해서 다른 선택지를 배제했다는 뜻입니다. 나라면 그 제안을 거절했을 겁니다. 그리고 맞서 싸웠을 겁니다."

하선우의 낯빛이 백지장처럼 창백하게 질렸다.

"나는… 나는……."

"본인이 피해를 입는 것이 두려웠겠죠. 하지만 그건 너무 이기적인 생각입니다. 당신이 피해를 입지 않기 위해서 그 제안을 받아들였기 때문에 신대섭 씨는 목숨을 잃을 뻔한 위기에 처했으니까요."

적막이 흐르는 가운데 초점을 잃고 방황하던 하선우의 시선이 향한 방향에는 신대섭이 서 있었다.

"대섭 오빠."

마지막 희망이라도 되는 양 하선우가 신대섭의 이름을 간절히 불렀다.

그러나 신대섭은 그녀의 희망을 꺾었다.

"내가 해 줄 수 있는 게… 없다."

"오빠!"

"네가 먼저 상호 간의 신의를 지킨다는 조항을 어겼기 때문에 계약을 파기할 거야. 그리고… 이번 납치 사건의 공모 혐의에 대해서 경찰 수사도 받아야 할 거야."

*   *   *

'예방 주사를 맞은 셈이야.'

신대섭이 납치된 것은 분명 위중한 사안이었다.

그렇지만 난 예방 주사를 맞은 셈이라 치며 긍정적으로 바라보기로 했다.

탁, 탁, 타닥.

불판 위에 올려져 있던 곱창이 타고 있는 것을 확인한 내가 집게를 들며 맞은편에 앉아 있던 신대섭을 바라보았다.

요란한 소리를 내면서 곱창이 시커멓게 타고 있었지만, 신대섭은 그 사실조차도 알아채지 못하고 있었다.

'블루윈드' 소속 배우였던 하선우를 모질게 내친 것이 못내 마음에 걸리기 때문일까.

어둠에 물든 창밖을 물끄러미 응시하고 있는 신대섭의 표정은 무척 어두웠다.

그런 그의 표정을 확인한 내가 입을 뗐다.

"신대섭 씨."

"네?"

"곱창 탑니다."

"아, 제가 정신이 딴 데 팔려 있었네요."

허둥대기 시작하는 신대섭에게 내가 다시 말했다.

"신대섭 씨는 보모가 아닙니다. 하선우 씨는 어엿한 성인이고, 본인이 내린 선택에 대해서 책임을 지는 것이 당연한 겁니다. 신대섭 씨가 하선우 씨의 인생까지 책임져 줄 수는 없습니다."

"그건… 저도 알고 있습니다."

"앞으로도 마찬가지입니다. 지금처럼 계속 정에 이끌려 다녀서는 안 됩니다. 신대섭 씨는 '블루윈드'라는 회사를 운영하는 대표인 만큼, 냉정해야 합니다. 신대섭 씨가 냉정해져야만 회사를, 또 회사에 소속된 배우와 직원들을 살릴 수 있으니까요."

신대섭의 평판은 좋았고, 인망은 두터웠다.

지금까지는 신대섭에 대한 배우들의 신뢰가 배우들을 '블루윈드'로 영입하는 것을 쉽게 만들면서 회사의 성장에 분명히 도움이 됐다.

그러나 이제는 '블루윈드'도 정상 궤도에 올라선 상황.

이제는 영입 전략을 수정할 때가 됐다는 생각이 들었다.

"무슨 말씀인지 알겠습니다."

신대섭이 비장한 표정으로 대답한 순간, 내가 다시 입을 뗐다.

"우선 영입 전략을 수정해야겠습니다."

"어떻게 말입니까?"

"좀 더 신중하게 진행하는 편이 맞다는 생각이 듭니다."

"정확히 어떤 의미입니까?"

"영입을 결정하기 전에 조사를 좀 더 철저히 하는 것입니다. 그래서 '블루윈드'로 영입한 후에 문제가 될 소지가 발견된다면 영입하지 않는 게 옳은 것 같습니다."

이강희의 경우는 이미 '블루윈드'로 영입한 후였기에 어쩔 수 없는 케이스였다. 그리고 굳이 약점을 갖고 있는 배우들을 영입해야 할 정도로 '블루윈드'의 상황이 급하지는 않으니, 이제 영입 전략을 바꾸려는 것이었다.

"그렇게 하겠습니다."

내 말뜻을 이해한 신대섭이 수긍했다.

"하나 더, 보안을 강화해야겠습니다. 이번에는 신대섭 씨였지만, 다음에는 배우들에게도 비슷한 일이 벌어지지 않으라는 법이 없습니다. 소 잃고 난 후에 외양간을 고쳐 봐야 무용하니, 미리 보안을 강화하는 것이 맞다고 생각합니다."

직접 납치를 당했던 당사자이기 때문일까.

신대섭도 고개를 끄덕여 내 의견에 동조하며 물었다.

"보안을 강화할 방법도 찾으셨습니까?"

'경호 업체 직원을 고용하는 것이 최선!'

향후 보안을 강화할 방법에 대해서 고민하던 내가 가장 먼저 떠올린 것은 경호 업체와 계약을 맺고 직원을 고용하는 것이었다.

하지만 비용 문제를 감안하지 않을 수 없었다.

'본격적으로 수익이 나기 시작하면, 그때 계약을 하자.'

그래서 내가 찾은 대안은 매니저였다.

"앞으로 매니저를 채용할 때, 유단자나 특전사 근무 경험이 있는 자를 우선 채용하는 것이 방법이 될 것 같습니다."

"아, 그거 아주 좋은 아이디어인 것 같습니다."

내가 찾아낸 대안에 대해서 들은 신대섭이 무릎을 탁 쳤다.

"바로 시행하도록 하겠습니다."

"그럼 부탁드립니다."

"네, 맡겨 주십시오."

내가 잔을 들며 말했다.

"신대섭 씨만 믿겠습니다."

*　　　　*　　　　*

VIP 전용 클럽 그루미.

이태리가 샴페인을 한 모금 마셨을 때, 정영민이 느끼한 웃음을 지은 채 다가왔다.

"태리야, 대학 생활은 어때?"

"그저 그래요."

이태리가 표정 관리에 애쓰며 대답하자, 정영민이 더욱 느끼한 웃음을 지으며 다시 입을 뗐다.

"기대했던 것과는 많이 다른가 봐."

"그런 셈이에요."

"내가 대학 생활을 즐길 수 있는 방법을 알고 있는데. 궁금하지 않아?"

"그 방법이 뭔데요?"

"연애하는……."

"수미야."

더 대화를 나누면 정영민이 계속 치근덕댈 것이 뻔했다. 그래서 마침 도착한 주수미를 발견한 이태리가 반갑게 손을 흔들었다.

"태리야."

"오랜만이다. 잘 지냈어?"

"응. 잘 지냈어. 영민 오빠도 계셨네요?"

"응? 응."

"태리랑 오랜만에 만나서 할 이야기가 많은데. 잠깐 이야기해도 괜찮죠?"

"그… 래. 천천히 대화 나눠."

정영민이 아쉬운 기색으로 몸을 돌린 순간, 주수미가 의미심장한 눈길을 던지며 말했다.

"인기는 여전하네."

"이런 인기는 사양하고 싶거든."

"영민 오빠 정도면 괜찮지 않아? 학벌 좋아, 집안 좋아. 게다가 태리, 너에게 일편단심이기도 하지."

"돈 기부하고 외국 대학교 졸업장 딴 게 학벌이 좋은 거야? 그리고 여기 집안 안 좋은 사람이 어디 있어?"

분기에 한 번.

VIP 전용 클럽 그루미에서 열리는 정기 모임에 참석할 수 있는 자격은 부모의 능력이었다.

대한민국 100대 기업 자제들만 참석할 수 있는 모임.

이태리는 풍산건설 대표인 아버지 덕분에 이 모임에 참석할 자격을 얻었고, 정영민 역시 조은제약 대표인 아버지 덕분에 모임에 참석할 자격을 얻은 것이었다.

솔직히 말하면 이태리는 부모 잘 만난 덕에 거들먹거리는 재벌 2세들의 모임에 참석하고 싶은 마음이 전혀 없었다.

그렇지만 아버지의 뜻은 완고했다.

훗날을 위해서 차기 사회 지도층 인사가 될 이들과 친분을 유지하는 것이 꼭 필요하다며 모임에 꼭 참석해야 한다고 권했기에 어쩔 수 없이 참석한 것이었다.

"대학 생활은 어때? 재밌어?"

그때, 주수미가 이태리에게 대학 생활에 대해서 물었다.

"그저 그래."

아까와 똑같은 대답을 꺼내자, 주수미가 다시 물었다.

"대시하는 남자는 없어?"

"없어."

"왜 없을까? 풍산건설 이 대표님 외동딸인데다가 미모까지 겸비한 재원을 남자들이 그냥 내버려 둘 리가 없는데. 태리 네가 너무 도도하게 구는 것 아냐?"

"그런 것 아니거든."

"그럼 마음에 드는 사람은 없어?"

주수미가 다시 던진 질문에 무심코 '없다'고 대답하려 했던 이태리가 멈칫했다.

서진우의 얼굴이 불쑥 떠올라서였다.

그리고 주수미는 눈치 백단이었다.

조금 전 대답하려다가 멈칫하는 모습을 확인하고서 바로 추궁을 이어 나갔다.

"있네, 있어. 도도하고 눈 높기로 소문난 이태리의 마음을 단숨에 빼앗은 남자가 대체 누구야?"

"백마 탄 왕자."

"뭐? 백마 탄 왕자? 기집애 완전히 콩깍지가 씌었네."

주수미가 꺄르르 웃으며 덧붙였다.

"대체 얼마나 잘난 남자인지 궁금해 죽겠네. 언제 한번 소개시켜 줘."

"그건… 힘들어."

"왜?"

"사귀는 사이가 아니거든."

"응? 그럼 설마 짝사랑?"

"대충 맞아."

"어머머, 진짜 웬일이야. 이태리와 짝사랑이 어울린다고 생각해? 그럼 그 남자가……."

주수미가 추궁을 이어 나가다가 도중에 말을 멈췄다.

"헐, 유승아잖아?"

주수미의 시선이 한 곳에 쏠려 있는 것을 확인한 이태리가 고개를 갸웃했다.

'유승아? 어디서 들어 본 이름인데?'

분명히 유승아란 이름을 들은 기억이 있었다.

그런데 신분이나 정체까지는 기억이 나지 않았다.

잠시 후 주수미가 시선을 고정하고 있는 방향으로 이태리도 고개를 돌렸다.

그런 그녀의 눈에 들어온 유승아는 대단한 미인이었다.

'예쁘다!'

마치 인형처럼 오밀조밀한 이목구비와 단발머리가 무척 잘 어울리는 데다가, 유승아에게서는 쉽게 범접키 어려운 차가운 분위기가 풍겼다.

그런 유승아의 미모에 감탄하던 이태리는 곧 깨달았다.

방금 전 클럽 안으로 들어선 유승아를 바라보는 것이 자신과 주수미만이 아니라는 사실을.

오늘 모임에 참석한 모든 멤버들이 그녀를 바라보고 있었다.

'왜 저런 눈으로 보는 거지?'

시기, 질투, 부러움, 동경까지.

유승아를 바라보고 있는 이들의 눈에 담겨 있는 감정은 각각 달랐다.

그 다양한 감정을 확인한 이태리가 의아함을 품었을 때였다.

"설마 유승아를 모르는 거야?"

주수미가 물었다.

"이름은 들어 본 것 같은데 정확히는……."

"구룡그룹 유명석 회장의 막내딸이잖아."

'아!'

유승아에 대해서 설명하는 데 긴말은 필요치 않았다.

구룡 그룹 유명석 회장의 막내딸이라는 설명만으로도 충분했다. 그리고 유승아의 신분을 뒤늦게 알게 된 순간, 이태리는 그녀를 바라보는 사람들의 시선에 다양한 감정이 깃들어 있었던 이유를 알 수 있었다.

구룡그룹은 대한민국 재계 서열 1위인 거대 그룹.

물론 오늘 모임에 참석한 멤버들도 모두 재벌 2세, 혹은 3세였지만, 분명한 격차가 존재했다.

그래서 누군가는 질시 어린 시선을, 또 누군가는 동경의 시선을 던지는 것이었고.

그때였다.

"승아, 맞지?"

조금 전까지 이태리에게 치근덕대던 정영민이 유승아에게 다가가서 먼저 인사를 건넸다.

비굴한 웃음을 짓고 있는 정영민을 힐끗 살핀 유승아가 입을 뗐다.

"날 알아요?"

"당연히 알지. 예전에 같이 대화를 한 적도……."

"난 그쪽이 기억에 없네요."

그 말을 끝으로 유승아는 정영민의 곁을 그대로 지나쳤다.

'고소하네.'

평소 정영민을 싫어했기에 그가 무안을 당하는 것을 확인하고 이태리가 속이 후련하다고 생각했을 때였다.

"이태리 씨, 맞아요?"

유승아가 자신의 앞으로 다가와 물었다.

"맞아요. 그런데 날 어떻게 알아요?"

"후배니까요."

"네?"

"난 한국대학교 컴공과 3학년이고, 이태리 씨는 한국대학교 경영학과 1학년. 비록 과는 다르지만 같은 한국대학교 학생이니 후배라고 불러도 되지 않겠어요?"

"아, 네. 선배님."

"그럼 말 놔도 될까?"

"그렇게 하세요."

"실은 태리 널 만나기 위해서 여기 찾아온 거야."

"네?"

"내가 이런 모임을 질색이거든. 그런데 태리 너한테 물어볼게 있어서 평소 질색하는 모임에 나온 거라고."

"제게 물어보실 게 뭔데요?"

"서진우."

유승아의 입에서 서진우의 이름이 흘러나올 것이라고는 예상치 못했기에 이태리가 당황했을 때, 그녀가 다시 물었다.

"서진우랑 친하지?"

*　　　　*　　　　*

법학 개론 수업이 진행되는 강의실.

시험을 치르는 학생들의 표정은 비장했지만, 난 예외였다.

'아는 게 거의 없네.'

사법 고시에 합격해서 법조인이 되겠다는 목표가 없어서일까.

난 전공 수업에 관심이 없었고, 공부도 하지 않았다.

그래서 시험지에 적힌 문제들 가운데 아는 게 거의 없었다.

'더 앉아 있어 봐야 달라질 게 없다.'

이렇게 판단한 난 아는 한도 내에서 답안을 적고 가장 먼저 일어나서 답안을 제출하고 강의실을 빠져나왔다.

"이걸로 첫 학기가 끝났네."

법학 개론 시험을 마지막으로 공식적으로 1학기가 끝났다.

이제 방학이 시작되는 것이었다.

'방학 기간에도 많이 바쁘겠구나.'

내가 향후 스케줄을 짚어 보고 있을 때였다.

"왜 벌써 나왔어?"

이태리가 황당하단 시선을 던지며 물었다.

"왜 네가 여기서 나와?"

나도 황당한 표정으로 물었다.

"너 만나러 왔지. 그나저나 시험을 보긴 본 거야?"

"……?"

"시험 시작한 지 십 분도 안 됐는데 왜 벌써 나온 거야?"

"아는 게 없어서."

내가 솔직하게 대답하자, 이태리는 더욱 황당하단 시선을 던졌다.

"그게 작년 유일한 수능 만점자 입에서 나올 소리야?"

"내 공부는 내가 알아서 할 테니까 신경 끄고. 날 만나러 찾아온 용건이나 말해."

"혹시 승아 언니를 알아?"

"승아 언니?"

"유승아."

"모르겠는데."

기억을 더듬어 봤지만 유승아란 이름은 기억 속에 없었다. 그래서 모르겠다고 대답하자, 이태리가 고개를 갸웃했다.

"이상하네. 승아 언니는 분명히 널 만난 적이 있다고 했는데."

"날 만난 적이 있다고?"

"응, 동아리 방에서 만난 적이 있다고 했어."

'동아리 방에서 날 만났다면… 아, 단발 여학생이구나.'

난 따로 동아리에 가입한 적이 없다. 그리고 동아리 방으로 찾아간 것은 '백 투 더 퓨처'가 유일했다.

그곳에서 만난 사람들 중 여자는 딱 한 명.

그래서 단발 여학생이 이태리가 말한 유승아라고 확신했을 때였다.

"우리 학교 컴공과 3학년이고, 구룡그룹 유명석 회장님 막내딸이야. 여전히 모르겠어?"

"이제 기억났어. 그런데 유승아 선배가 구룡그룹 유명석 회장의 막내딸이라고?"

"응, 몰랐어?"

"전혀. 그런데 선배 이야기는 왜 하는 거야?"

"실은 승아 언니가 날 찾아와서 너에 대해 물어봤어."

"나에 대해서 뭘 물었는데?"

"이것저것. 그런데 별로 만족한 기색은 아니었어."

'당연하지.'

이태리는 나에 대해서 아는 게 거의 없다.

그러니 유승아의 질문에 제대로 된 답을 했을 리가 없다.

유승아 입장에서는 질문할 상대를 잘못 고른 셈.

'그런데 왜 내게 관심이 생긴 거지?'

나와 구룡그룹 사이에는 아무 연관점이 없다. 그런데 구룡그룹 유명석 회장의 막내딸인 유승아가 내게 관심을 가진 이유에 대해서 고민할 때였다.

"그래서 승아 언니가 직접 널 만나고 싶어 해."

"……?"

"나한테 연락처를 전해 달라고 부탁했어. 나중에 한번 연락해 봐."

이태리가 유승아의 연락처가 적힌 쪽지를 내밀었다.

"일단 알았어."

그 쪽지를 주머니에 쑤셔 넣으며 내가 속으로 생각했다.

'한번 연락해 봐야겠네.'

직접 연락해서 만나면 유승아가 내게 관심을 갖기 시작한 이유를 알 수 있을 거라고 판단한 것이었다.

그때, 이태리가 물었다.

"이제 방학인데 뭘 할 거야?"

그 질문에 내가 대답했다.

"본격적으로 영화 만들어야지."

＊　　　　＊　　　　＊

쇼라인 엔터테인먼트 투자 팀 회의실.

'표정이 별로네.'

맞은편에 앉는 엄기백 팀장의 표정을 살피던 이현주의 마음이 불안해졌다.

'텔 미 에브리씽' 때와는 표정도, 분위기도 달랐기 때문이었다.

"이 대표, 서운해."

엄기백 팀장이 서운하단 말로 포문을 열었다.

"무슨 말씀이신지?"

"우리가 처음이 아니더라고."

"그게……."

"리온 엔터테인먼트에 먼저 투심 넣었다면서?"

이현주가 난감한 표정으로 입을 뗐다.

"설명하기가 좀 복잡한데……."

"그럼 하지 마."

"네?"

"설명하지 말라고."

엄기백 팀장이 손사래를 친 후 덧붙였다.

"아무래도 이번 작품은 우리와 인연이 안 될 것 같아."

'역시.'

엄기백 팀장의 표정과 분위기를 통해서 이미 투자 유치를 거절당할 것을 어느 정도 예상하고 있었다. 그럼에도 불구하고 쇼라인 엔터테인먼트에서 'IMF'에 투자하지 않겠다는 의사를 밝힌 순간, 아쉬운 마음이 들었다.

"투자를 거절하시는 이유를 들을 수 있을까요?"

"크게 두 가지야. 우선 너무 어려워."

"시나리오 내용이 너무 난해하단 뜻인가요?"

"그래, 경제와 관련된 전문 용어들이 너무 많이 나와서 경제에 관심 없는 사람들은 영화를 다 보고 난 후에도 내용을 이해 못 할 정도로 어려워. 그래서 흥행이 힘들 것 같다는 게 내가 내린 결론이야."

이현주가 반박하지 못하고 입을 다물었다.

서진우가 썼던 'IMF'의 초고와 비교하면 송태경이 수정한 'IMF'의 각색고는 훨씬 쉬운 편이었다.

그렇지만 시나리오의 내용이 원체 어렵다는 태생적인 약점까지는 완전히 극복하지 못한 상황이었기 때문이었다.

"다른 한 가지 이유는 뭔가요?"

이현주가 질문하자, 엄기백 팀장이 대답했다.

"자존심."

"……?"

"리온 엔터테인먼트 투심에서 까인 작품을 쇼라인 엔터테인먼트에서 덥석 제작하는 것, 자존심이 허락하지 않거든."

"알겠습니다. 더 하실 말씀 없으시면 일어나겠습니다."

더 앉아 있다고 해서 엄기백 팀장의 생각이 바뀔 가능성은 제로.

그래서 쇼라인 엔터테인먼트를 서둘러 빠져나온 이현주가 휴대 전화를 꺼냈다.

서진우는 'IMF'의 공동 제작자.

투자 유치 상황에 대해서 공유하는 것이 옳았기 때문이었다.

"서 대표, 한번 만나야겠어."

*   *   *

유니버스 필름 사무실에서 오랜만에 서진우를 만났다.

"오래간만에 만나는 건데 안 좋은 소식을 전하게 돼서 미안하네."

"괜찮습니다. 안 좋은 소식이 뭡니까?"

"'IMF'의 투자 유치가 예상보다 어렵네. 아무래도… 내가 실수한 것 같아."

"실수요?"

"응, 박중배 팀장한테 제대로 뒤통수를 얻어맞았어."

"좀 알아들을 수 있게 설명해 주시죠."

"일전에 리온 엔터테인먼트 박중배 팀장에게서 먼저 연락이 왔었다고 했잖아? 그게 끝이 아니었어. 계속 지난번 일을 사과하면서 유니버스 필름과 레볼루션 필름이 공동 제작 하는 작품의 투심을 리온 엔터테인먼트에 일 순위로 넣어 달라고 부탁했어. 본인이 책임지고 좋은 결과를 만들어 내겠다고 약속도 했고. 그래서 'IMF' 각색고가 나오자마자 리온 엔터테인먼트에 투심을 넣었는데… 그게 실수였어."

"약속을 지키지 않았군요."

"그래. 박중배 팀장이 말을 바꿨어."

이현주가 한숨을 폭 내쉰 후 덧붙였다.

"더 큰 문제는 리온 엔터테인먼트에 일 순위로 투심을 넣었던 것이 쇼라인 엔터테인먼트 엄기백 팀장의 심기를 불편하게 만들었다는 거야. 엄기백 팀장이 자존심이 상했다면서 'IMF' 투자를 거절했거든."

'결국 박중배 팀장이 문제였네.'

일전에 술자리를 가질 때, 이현주 대표는 리온 엔터테인먼트 투자 팀장 박중배에게서 먼저 연락이 왔다는 얘기를 꺼냈던 적이 있었다.

'조금 이상한데?'

당시 내가 퍼뜩 떠올렸던 생각.

'텔 미 에브리씽' 투자 협상 과정에서 거칠게 대립 각을 세웠던 박중배 팀장이 돌연 태도를 바꾼 것에 의구심을 품었던 것이었다.

그렇지만 난 무심코 넘겼다.

한성 연쇄 살인 사건 소식을 전하는 TV 뉴스에 정신이 팔렸었기 때문이었다.

'그때 더 신경 썼어야 했는데.'

내가 뒤늦은 후회를 하면서 짤막한 한숨을 내쉬었다.

사람은 쉽게 변하지 않는 동물.

갑자기 백팔십도 태도가 달라진 박중배 팀장에게 어떤 꿍꿍이가 있을 거라는 의심을 품고서 이현주 대표에게 미리 주의를 줬어야 했다.

그런데 그렇게 하지 못했기 때문에 상황이 꼬이며 곤란한 입장에 처하게 된 것이었다.

"서 대표 입장에서는 이해가 잘 안 갈 수도 있겠네. '텔 미 에브리씽'도 'IMF'와 같은 케이스였으니까."

그때, 이현주가 다시 입을 뗐다.

"알다시피 '텔 미 에브리씽'도 리온 엔터테인먼트에 먼저 투심을 넣었다가 거절당하고 난 후에 쇼라인 엔터테인먼트에 투심을 넣었던 거잖아. 그때는 군말 없이 '텔 미 에브리씽'에 투자를 했던 쇼라인 엔터테인먼트가 왜 이번에는 'IMF' 투자를 거절했느냐면……."

"압니다."

"응?"

"그렇게 자세하게 설명하지 않으셔도 이유가 짐작이 갑니다."

'텔 미 에브리씽'과 'IMF'의 결정적인 차이점, 바로 흥행성이었다.

'텔 미 에브리씽'과 달리 'IMF'는 흥행하기 어렵다.

쇼라인 엔터테인먼트 엄기백 팀장은 시나리오 책을 읽고 이렇게 판단했기 때문에 이런 차이가 발생한 것이었다.

'박중배 팀장, 분명히 의도했을 거야.'

다른 투배사의 투자 심사에서 거절당한 작품에 투자를 꺼리는 것.

일종의 관행이었다.

리온 엔터테인먼트 투자 팀장 박중배가 이런 관행을 몰랐을 리 없고, 'IMF'의 투자 유치를 막기 위해서 이번 일을 꾸몄을 거란 직감이 들었다.

'아마 빅히트에서도 같은 이유로 투자를 거절할 확률이 높겠네.'

리온 엔터테인먼트, 쇼라인 엔터테인먼트, 빅히트 엔터테인먼트.

현존하는 국내 3대 메이저 투배사들이었다.

이 세 곳의 메이저 투배사들 중 한 곳에서 투자 유치를 받지 못한다면 영화 제작이 어려운 것이 현실.

아직 빅히트 엔터테인먼트가 남아 있었지만, 같은 이유로 'IMF' 투자를 거절할 확률이 높았다.

"이제… 어쩌지?"

이런 상황을 잘 알기 때문일까.

이현주 대표가 절망적인 표정을 지은 채 질문한 순간, 내가 대답했다.

"후회하게 만들어 줘야죠."

빅히트 엔터테인먼트 투자 팀 사무실.

투자 심사에 올라온 작품들을 훑어보던 한우택이 한숨을 내쉬었다.

"딱 이거다 싶은 작품이 없네."

작품성과 흥행성.

두 마리 토끼를 모두 잡는 것은 어려운 일.

그렇지만 지금까지 살폈던 작품들 중에는 둘 중 하나라도 제대로 충족시키는 작품조차 없었다.

"다들 어중간해."

재미도 감동도 없는 시나리오들을 워낙 많이 읽은 탓인지 뒷목이 뻐근했다.

크게 기지개를 켠 후, 한우택이 다른 시나리오 책으로 손을 뻗었다.

투자 심사에 올라오는 수많은 작품들 가운데 옥석을 고르는 것이 그의 직업.

그래서 '피 내리는 거리'라는 섬뜩한 제목의 시나리오 책을 막 펼쳤던 한우택이 얼마 지나지 않아 다시 덮어 버렸다.

"재미없다. 그리고… 이렇게 해서 옥석을 가려낸다 한들 무슨 소용이 있지?"

한우택의 현재 직책은 빅히트 엔터테인먼트 투자 팀 부

팀장.

홍행작을 알아보는 안목이 있다는 좋은 평가를 받은 덕분에 비교적 이른 나이에 부팀장 직책까지 올랐다.

하지만 최근에는 의욕이 많이 꺾인 상태였다.

자신이 홍행 가능성이 있다고 판단해서 투자 적격 의견을 냈던 작품들에 대한 투자가 계속 이뤄지지 않았기 때문이었다.

그 원흉은 투자 팀장 최귀순이었다.

한우택이 선택해서 투자한 작품이 홍행하면 지금 꿰차고 있는 투자 팀장 자리가 위태로워진다고 판단한 걸까.

최귀순은 한우택이 투자 적격 판정을 내린 작품을 철저히 배제했다.

그로 인해 한우택은 화가 많이 난 상태였고.

"그래도 할 일은 해야지."

한우택이 내키지 않는 표정으로 다음 시나리오 책을 집어 들었다.

"제목이 특이하네."

'IMF'는 International Monetary Fund의 약자.

국제 통화 기금을 뜻하는 작품의 제목은 분명 특이했다.

"일단 읽어 보자."

제목에 호기심을 느낀 한우택이 책장을 넘기기 시작했다.

처음 시큰둥한 표정으로 시나리오 책장을 넘기던 한우택이 얼마 지나지 않아 자세를 고쳐 앉았다. 그리고 잔뜩 집중한 채 본격적으로 시나리오를 읽어 내려갔다.

그로부터 약 두 시간 후.

팔랑.

시나리오의 마지막 장을 넘긴 한우택이 긴 한숨을 내쉬었다.

"좋다."

그런 그의 입이 한참 만에 열렸다.

꼬박 두 시간 동안 집중한 채 시나리오 책을 읽었음에도 불구하고 전혀 피곤하지 않았다.

오히려 전신에 활력이 샘솟는 느낌이었다.

간만에 아주 좋은 작품을 읽었기 때문이었다.

"흥행성 측면은 분명히 약해. 그렇지만… 작품성은 뛰어나."

최근에 한우택이 시나리오 책을 읽으며 많이 실망했던 이유는 작품성과 흥행성, 두 마리 토끼를 다 잡으려는 어중간한 작품들이 많아서였다.

그런데 'IMF'는 달랐다.

분명 흥행성은 약했지만, 작품성이 아주 뛰어났다.

"이 작품은 무조건 투자해야 한다."

오래간만에 가슴을 뛰게 만드는 작품을 만난 한우택이 투자 적격 판정을 내린 이유에 대한 보고서를 작성하기 시작했다.

*   *   *

유니버스 필름 인근 곱창집.

노릇하게 익은 곱창을 안주로 술을 마시던 도중, 이현주 대표가 말했다

"방학하니 좋네."

"제가 방학한 걸 이 대표님이 왜 좋아하십니까?"

"서 대표를 더 자주 볼 수 있으니까."

이현주가 웃으며 대답한 후, 술잔을 들었다.

챙.

내가 잔을 들어 건배한 순간, 이현주가 호기심 가득한 표정으로 물었다.

"학점은 얼마나 받았어?"

"학사 경고는 간신히 면했습니다."

"그게… 정말이야?"

"제가 언제 거짓말한 적 있습니까?"

"희한하네."

"뭐가요?"

"작년 수능 유일한 만점자가 간신히 학사 경고를 피했다는 게 희한해."

"당연한 겁니다. 공부를 안 했으니까요."

공부에는 관심이 없다는 것, 빈말이 아니었다.

그래서 내가 당당하게 대꾸하자, 이현주가 고개를 절레절레 내저었다.

"너무 당당하게 대답해서 말문이 막히네. 그리고 서 대표가 많이 바쁘긴 했지."

그런 그녀가 씁쓸한 표정으로 다시 말했다.

"가뜩이나 낮은 학점을 받아서 우울할 서 대표에게 또 안 좋은 소식을 전해야겠네."

"안 좋은 소식이 뭡니까?"

"또 까였다."

"빅히트 엔터테인먼트에서도 투자를 거절했군요."

"응."

이미 예상하고 있었던 결과라서 그리 충격이 크지는 않았 다.

학사 경고를 간신히 면한 낮은 학점을 받았을 때보다 더.

"이제 플랜 B를 가동할 때가 됐네요."

"플랜 B라니? 언제 그런 걸 준비했어?"

"지난번에 이 대표님과 대화를 나눈 후에 'IMF'의 투자를 유치하는 것이 어려울 것 같다는 직감이 든 순간부터 준비했 습니다."

"하여간 참 부지런해."

내게 새삼스러운 시선을 던지며 이현주가 물었다.

"그래서 서 대표가 준비한 플랜 B가 대체 뭔데?"

"IMF'를 독립 영화 수준의 저예산 영화로 제작하는 겁니다."

내가 대답하자, 이현주가 두 눈을 동그랗게 떴다.

"독립 영화 수준의 저예산 영화?"

"좀 더 자세히 설명하자면 독립 영화 같은 상업 영화로 제작하는 겁니다."

"대체 무슨 소리야?"

"배우들을 모두 신인으로 캐스팅하고, 감독도 신인에게 맡기면 제작비가 독립 영화급으로 줄어들 겁니다. 그런 다음 메이저 투배사가 아닌 투자사에게 투자를 받아 영화를 제작하고 개봉하는 겁니다."

내가 플랜 B를 준비한 이유는… 시간이었다.

'이대로라면 제때 개봉하지 못한다.'

리온과 쇼라인, 그리고 빅히트 엔터테인먼트까지.

메이저 투배사들에게 투자받지 못하면 또 다른 투자자를 찾은 것 외에 다른 방법이 없었다.

문제는 그사이에도 계속 시간은 흐른다는 점이었다.

내가 'IMF'를 제작해서 개봉하려는 이유.

흥행이 목표가 아니었다.

IMF 구제 금융 사태가 발발하기 전에 현재 대한민국 경제가 처해 있는 어려운 상황을 국민들에게 알려 주고, 대비할 기회를 주기 위함이 진짜 목표였다.

그런데 'IMF'의 개봉이 IMF 구제 금융 사태가 발발한 후로 밀려 버리면 이 작품을 제작하는 의미가 퇴색되는 것이었다.

"그럼… 흥행은 완전히 포기하는 거야?"

"그건 아닙니다."

"하지만……."

"어떤 작품이 흥행할지는 신도 모르는 법이니까요."

솔직히 말하면 이번에는 나도 자신이 없다.

내가 기억하는 'IMF'라는 작품은 2017년에 개봉한 작품.

그 작품을 무려 20년씩이나 앞당겨 제작해서 개봉했을 때, 어떤 결과가 나올지는 회귀자인 나로서도 예측이 어려웠기 때문이다.

"하아, 이번에는 아무래도 힘들 것……."

이현주가 이야기를 하던 도중에 입을 다물었다.

지이잉, 지이잉.

탁자 위에 올려 둔 휴대 전화가 진동했기 때문이었다.

"잠깐만."

내게 양해를 구한 이현주가 전화를 받았다.

"누구시라고요?"

잠시 후, 그녀가 일어나 곱창집 밖으로 나갔다. 그리고 통화를 마치고 돌아온 이현주의 표정은 아까에 비해 한층 밝아져 있었다.

"찾았다."

"갑자기 뭘 찾았다는 겁니까?"

"'IMF'가 아주 좋은 작품이라는 것을 알아본 투배사 직원."

"네?"

"빅히트 엔터테인먼트 투자 팀 부팀장인 한우택이 'IMF' 시나리오 책을 좋게 본 모양이야."

상기된 목소리로 대답하던 이현주의 표정이 다시 어두워졌다.

"그래 봐야, 소용없겠지만."

이현주의 말이 옳다.

이미 빅히트 엔터테인먼트는 'IMF'라는 작품에 투자를 하지 않겠다는 입장을 명확히 밝힌 상황.

일개 직원에 불과한 한우택이 'IMF' 시나리오를 좋게 봤다고 해서 달라질 것은 없었다.

그렇지만 내 생각은 달랐다.

한우택 부팀장에 대해서 이미 알고 있었기 때문이었다.

'한우택이 빅히트 엔터테인먼트에서 근무하고 있었구나.'

그가 현재 빅히트 엔터테인먼트에서 근무하고 있다는 사실을 전해 들은 내가 두 눈을 빛냈다.

*   *   *

'대한민국 영화계 지형도를 바꿔 놓은 인재.'

한우택은 대단한 인재였다.

투자 배급사 NOW & NEW를 설립해서 기존 메이저 투배사들의 탄탄한 아성을 흔들어 놓았던 장본인이었으니까.

'조금 이른 감이 있긴 하지만… 지금 NOW & NEW를 설립해도 괜찮지 않을까?'

거기까지 생각이 미친 순간, 내가 이현주에게 물었다.

"한우택 부팀장은 어떤 사람입니까?"

"그건 왜 물어?"

"'IMF' 시나리오를 읽고 좋은 작품이라는 것을 알아봤으니, 작품을 보는 안목이 아주 뛰어나지 않을까 하는 생각이 들어서요."

"본인 얼굴에 금칠하는 거야?"

"질문에 대답이나 해 주시죠."

"서 대표 짐작대로 재능 있는 사람이지. 작품을 고르는 안목이 뛰어나거든."

이건 나도 알고 있다.

그가 설립한 투자 배급사 NOW & NEW가 성공 가도를 달릴 수 있었던 것.

투자할 작품을 고르는 한우택의 안목이 정확했던 덕분이었으니까.

내가 궁금한 것은 다른 부분이다.

"아까 한우택 부팀장은 'IMF'를 좋게 봤다고 말씀하셨죠?"

"응."

"그런데 빅히트 엔터테인먼트에서는 'IMF'에 투자하지 않는 것으로 결정을 내렸고요."

"맞아."

"그럼 빅히트 엔터테인먼트에서 한우택 부팀장의 영향력이 낮은 겁니까?"

"우리 서 대표, 공부는 못해도 예리한 구석이 있네."

칭찬인 듯 칭찬 아닌 말을 꺼낸 이현주가 설명을 시작했다.

"아까도 말했듯이 한우택 부팀장의 재능과 안목은 분명 뛰어나. 그런데 빅히트 엔터테인먼트 내부에서 알력 다툼이 있는 것 같아. 그래서 한우택 부팀장의 의견이 빅히트 엔터테인먼트의 결정에 전혀 반영되지 않는 느낌이고."

"팩트입니까? 추측입니까?"

"음, 추측에 가깝지. 나도 들은 소문을 전하는 것이니까."

이현주가 팩트보다는 추측에 가깝다고 대답한 후 덧붙였다.

"궁금하면 서 대표가 직접 확인해 봐."

"어떻게 말입니까?"

이현주가 대답했다.

"한우택 부팀장이 곧 이리로 올 거거든."

─한번 만날 수 있을까요?

유니버스 필름 이현주 대표와 통화 말미에 한우택이 꺼냈던 부탁이었다.

'IMF'라는 작품의 제작이 현재 어느 상황까지 진행됐는지 견디기 힘들 정도로 궁금해서 이현주 대표를 직접 만나서 확인하고 싶었기에 했던 부탁이었다. 그리고 이현주 대표는 흔쾌히 그 부탁을 수락했고.

"미쳤군."

택시를 타고 이현주 대표가 알려 준 곱창집으로 향하던 한우택이 고개를 절레절레 내저었다.

'IMF'라는 작품에 대한 호기심이 잠시 이성을 마비시켰다.

그래서 말도 안 되는 짓을 했다는 후회가 뒤늦게 밀려들었기 때문이었다.

"주제넘었군."

빅히트 엔터테인먼트 투자 팀 부팀장이란 자신의 직책.

빛 좋은 개살구나 마찬가지였다.

'IMF'라는 작품에 투자 적격 의견을 제시하고, 투자를 결정하는 회의에서 강하게 투자해야 한다고 의사를 피력했음에도 불구하고, 최귀순의 반대로 인해 결국 투자가 무산됐던 것이 증거였다.

"해 줄 수 있는 것도 없는 주제에 말이야."

이현주 대표의 입장에서는 빅히트 엔터테인먼트 투자 팀 부팀장인 자신이 만나자고 한 제안을 거절하기 힘들었으리라.

그렇지만 한우택이 이현주 대표를 만난다고 해서 약속해 줄 수 있는 것은 아무것도 없었다.

그래서 괜한 짓을 했다는 후회를 하는 사이 택시가 목적지에 도착했다.

약속 장소인 곱창집을 찾는 것은 어렵지 않았다.

곱창집 안으로 들어간 한우택은 금세 이현주 대표를 발견했다.

'저 남자는 누구지?'

이현주 대표와 함께 술을 마시고 있는 젊은 남자를 힐끗 살핀 한우택이 탁자 쪽으로 다가갔다.

"이현주 대표님, 오랜만에 뵙습니다."

이미 서로 안면이 있었기에 한우택이 인사하자, 그녀도 반갑게 인사했다.

"네, 부팀장님, 오랜만입니다. 한 삼 년 만인가요?"

"그 정도 된 것 같습니다."

"참, 일행을 소개할게요. 이쪽은 레볼루션 필름 서진우 대표예요. 저와 함께 '텔 미 에브리씽'을 공동 제작 했죠."

'아, 그 서진우 대표구나.'

'텔 미 에브리씽'은 흥행에 성공했다. 그리고 혜성처럼 등장해서 유니버스 필름 이현주 대표와 '텔 미 에브리씽'을 공동 제작 한 레볼루션 필름 서진우 대표의 존재는 잠시 영화인들 사이에서 화제가 됐었다.

그 덕에 한우택도 서진우 대표에 대한 소문을 들었었고.

'생각보다 더 젊네.'

한우택이 깜짝 놀라며 서진우에게 인사했다.

"빅히트 엔터테인먼트 투자 팀 부팀장을 맡고 있는 한우택입니다."

"반갑습니다."

서진우와 가볍게 악수를 나눈 순간, 이현주 대표가 다시 입을 뗐다.

"저와 통화하며 'IMF'의 시나리오를 재밌게 읽으셨다고 했죠? 우리 서진우 대표가 'IMF'의 시나리오를 집필한 작가이거든요. 아, '텔 미 에브리씽'의 시나리오를 집필한 작가이기도 하고요."

그 부연을 들은 한우택이 더욱 놀랐다.

"젊은 나이에 대단하시군요."

"과찬이십니다."

한우택이 서진우에게서 시선을 떼지 못하고 있을 때, 이현주 대표가 제안했다.

"일단 앉으시죠. 앉아서 말씀 계속 나누시죠."

"네? 아, 네."

"자, 제 잔 먼저 한 잔 받⋯⋯."

이현주 대표가 소주를 따라 주려 했지만, 서진우가 끼어들었다.

"이 대표님, 제가 먼저 한 잔 드려도 될까요?"

"서 대표가?"

"네."

"안 될 것 없지."

이현주 대표가 집어 들었던 소주병을 건넸고, 그 소주병을 서진우가 받아 들었다.

"한 잔 받으시죠."

쪼르륵.

한우택이 든 소주잔을 채워 주던 서진우가 불쑥 물었다.

"요새 사는 게 재미없으시죠?"

*　　　　*　　　　*

'나이는 서른여덟에 미혼, 영화 제작 일을 하다가 투자사 직원으로 근무하기 시작했고, 영화 일을 천직으로 알고 있는 사람.'

투자 배급사 NOW & NEW를 설립했던 한우택은 유명 인사였다.

지난 생에 영화 제작자로 일했던 내가 그를 모를 리 없었다.

그래서 초면에 이런 질문을 던진 것이었고.

"왜 그렇게 판단하신 겁니까?"

"본인이 하고 싶은 일을 못 하고 계시니까요."

영화에 미쳐 있는 삶을 살고 있는 한우택.

그래서 삼십 대 후반의 나이임에도 불구하고 아직 결혼도 안 한 그에게는 본인의 일이 가장 중요했다.

하지만 빅히트 엔터테인먼트 내부의 알력 다툼 때문에 한우택은 자신이 가진 능력을 발휘한 기회를 잃어버린 상태.

당연히 사는 낙이 없을 것이었다.

Chapter. 5

한우택이 소주를 원 샷 한 후, 쓴웃음을 머금었다.

"'텔 미 에브리씽'을 보고 난 후에 인간의 심리를 잘 파악하는 사람이 쓴 시나리오라는 생각이 들었습니다. 그 예상이 맞았네요."

"사는 게 재미없다는 뜻이시죠?"

"네, 솔직히 재미없네요."

한우택이 대답한 순간, 내가 두 눈을 빛냈다.

'그런데 왜 10년 가까이 더 걸렸을까?'

NOW & NEW가 설립된 것은 2007년.

지금부터 약 10년 후였다.

'NOW & NEW를 설립하기 위한 준비 기간이라고 하기에는 너무 긴 시간이야. 그사이에 무슨 일을 했던 거지?'

내가 의문을 품었을 때였다.

"그래서 관두려고 합니다."

한우택이 불쑥 말했다.

"빅히트 엔터테인먼트를 떠나시겠다는 뜻입니까?"

"네."

"그럼 앞으로 뭘 하시려는 겁니까?"

"실은 리온 엔터테인먼트 투자 팀에서 일해 보지 않겠느냐는 제안이 있었습니다."

내가 다시 질문하기 전에 이현주 대표가 먼저 나섰다.

"그게 사실이에요?"

"네."

"직책은요?"

"투자 팀장 자리를 약속했습니다."

'이거구나.'

한우택이 투자 배급사 NOW & NEW를 설립하는 시기가 한참 늦어진 이유를 알게 된 내가 표정을 굳혔다.

반면 이현주 대표의 표정은 밝아졌다.

"잘됐다."

"왜 잘됐다는 겁니까?"

"제가 박중배 팀장을 엄청 싫어하거든요. 박중배 팀장이 밀려난다는 소식을 듣고 나니 속이 다 후련해서요."

"안 밀려납니다."

"네?"

"박중배 팀장은 밀려나는 게 아니라 승진합니다."

"승진… 이라뇨?"

"리온 엔터테인먼트 내에 총괄 팀장 직책이 새로 생기는데 박중배 팀장이 그 자리로 영전하는 것으로 알고 있습니다."

"뭐야? 그럼 좋아할 일이 아니었네."

이현주 대표의 표정이 어두워진 순간, 내가 그에게 물었다.

"리온 엔터테인먼트로 옮긴다고 해서… 달라질 게 있을까요?"

*   *   *

"오늘 즐거웠습니다. 저 먼저 일어나겠습니다."

한우택 부팀장이 먼저 일어섰다.

그가 떠나고 둘만 남겨진 순간, 이현주가 물었다.

"서 대표, 공부 안 해?"

"갑자기 무슨 말씀이십니까?"

"학기 중에 '끝까지 잡는다'라는 시나리오를 썼다는 것, 공부를 안 한다는 증거잖아?"

"제가 쓴 것 아닙니다."

"응?"

"송태경 작가가 썼습니다."

"그랬어?"

이현주가 서운한 표정을 지은 채 물었다.

"그런데 왜 나한테 말 안 했어?"

"그게……."

"이제 각자의 길을 가자는 뜻이야?"

물론 아니다.

난 이현주 대표를 버릴 생각이 없다.

앞으로도 한동안은 그녀와 손을 잡고 계속 함께 일할 생각
이다.

"제가 더 서운합니다."

그래서 대답하자, 이현주가 의아한 표정을 지었다.

"왜 날 배신했던 서 대표가 더 서운하다는 거야?"

"배신 안 했으니까요."

"응? 하지만……."

"제가 그렇게 의리 없는 놈이 아닙니다. 그동안 곁에서 지켜
봤음에도 불구하고 절 그렇게 의리 없는 놈이라고 판단하신
게 서운하다는 뜻입니다."

"그럼 왜 '끝까지 잡는다'에 대해서 나한테 감춘 거야?"

"감춘 게 아니라 말을 안 했던 겁니다."

"그게 그거잖아?"

"엄연히 다릅니다. 송태경 작가에게 시나리오 각본 작업을 맡기긴 했지만, 확신이 없었습니다. 그래서 일부러 미리 말씀 드리지 않았던 겁니다."

"내가 실망할까 봐?"

"네."

"그런데 지금 나한테 '끝까지 잡는다'라는 작품에 대해서 애기했다는 것은… 만족스러운 결과물이 나왔다는 뜻이지?"

"네, 저는 만족합니다."

나와 송태경은 달랐다.

난 회귀자 버프로 천재 작가 행세를 하는 사기꾼에 불과했지만, 송태경은 진짜 실력 있는 작가였으니까.

내가 의뢰했던 '끝까지 잡는다'의 결과물을 확인하고서 난 송태경이 진짜 좋은 작가라는 사실을 인정하지 않을 수 없었다.

"벌써 기대되네."

이현주는 아직 '끝까지 잡는다'의 시나리오를 보지 못한 상황.

그래서 기대감을 감추지 않고 드러내던 이현주가 무언가 떠오른 듯 물었다.

"참, 아까는 왜 그랬어?"

"뭘 말씀하시는 겁니까?"

"새 출발을 앞두고 있는 사람한테 격려는 못 해 줄망정, 왜 힘이 빠지게 만드는 이야기를 한 거야?"

이현주가 지적한 것.

스카우트 제의를 받아서 리온 엔터테인먼트 투자 팀장으로 자리를 옮기려는 한우택에게 축하 인사 대신, 그래 봐야 지금과 달라질 게 없을 거라고 예언했던 것을 말하는 것이었다.

"짜증 나서요."

"짜증이 나서 그랬다?"

이현주가 고개를 끄덕여 동의했다.

"하긴 우릴 엿 먹였던 박중배 팀장이 총괄 팀장으로 승진한다는 이야기를 들으니까 나도 짜증이 나긴 하더라."

"그런 뜻이 아닙니다."

"아니라고? 그럼 뭐가 짜증난 건데?"

"작품을 제작할 때마다 투자 유치에 애를 먹는 것요."

"나도 힘들긴 하지만, 그건 어쩔 수 없는 부분이잖아. 그냥 영화 제작자의 숙명이거니 생각하면서 받아들이는 수밖에……."

"저는 어쩔 수 없는 부분이라고 생각하지 않습니다."

"무슨… 뜻이야?"

내가 이현주 대표에게 계획을 밝혔다.

"투자 배급사를 설립할 생각입니다. 투자 배급사를 직접 설립하면 작품을 제작할 때마다 투자를 유치하기 위해서 뛰어다니면서 애를 먹지 않아도 될 테니까요."

내가 투자 배급사를 설립하려는 이유를 밝히자, 이현주가 싱긋 웃었다.

"서 대표, 'IMF' 투자 유치가 잘 안 돼서 스트레스가 심하다는 것 이해해. 그래서 이런 농담을 하는 것도 이해하고……."

"농담 아닙니다."

"농담이 아니라고? 그럼 진심으로 하는 말이야?"

"네."

비로소 내가 진심이란 사실을 알아챈 이현주의 표정이 심각해졌다.

"서 대표, 투자 배급사를 설립하는 것은 애들 장난이 아냐. 너무 위험해."

"저도 알고 있습니다."

"아니, 아직 잘 모르는 것 같아. 그래서 이렇게 무모한 생각을 하는 거지."

이현주는 우려를 감추지 않았다.

그런 그녀에게 내가 오히려 되물었다.

"마찬가지 아닙니까?"

"뭐가 마찬가지냐는 것이야?"

"영화를 제작하는 것도 위험하긴 마찬가지 아닙니까? 제작한 영화 한 편이 흥행에 참패하면 치명상을 입으니까요."

하지만 이현주는 고개를 흔들었다.

"달라."

"무엇이 다르다는 겁니까?"

"투자를 했다가 실패하면 서 대표 돈이 날아가니까."

"……?"

"제작한 영화가 흥행에 참패하면 제작자가 심각한 타격을 입는 것은 사실이야. 그렇지만 자기 돈을 날리는 경우는 드물어. 영화가 흥행에 참패하면 투자자가 돈을 날리니까. 그 위험한 일에 서 대표가 뛰어들려고 하는 거라고."

"괜찮습니다."

"괜찮다고? 왜 괜찮다는 건데?"

"투자에 성공하면 되니까요."

내가 흥행할 작품들에만 투자를 하면 된다는 해법을 꺼내 놓자, 이현주가 한숨을 길게 내쉬었다.

"내가 옆에서 지켜봐서 서 대표 능력이 뛰어나다는 건 알아. 그래도 흥행할 작품을 다 알아맞힐 수는 없어. 아까 서 대표 입으로 어떤 작품이 흥행할지는 신도 모른다고 말했던 것, 기억 안 나?"

물론 기억하고 있다.

하지만 신은 몰라도 나는 알 수 있다.

내가 회귀자이기 때문이다.

하지만 내가 회귀자라는 사실을 알지 못하는 이현주는 필사적이었다.

"작품은 어디서 구하게?"

"영화를 제작하고 싶어 하는 제작자들이 알아서 가져올 겁니다."

"그게 그렇게 간단한 문제가 아니라니까. 영화 제작자들은 열이면 열, 무조건 메이저 투배사부터 작품을 들고 찾아가. 그러니까 서 대표가 세운 투자 배급사에 들어올 작품은 메이저 투배사들이 흥행할 가능성이 없다고 판단해서 버린 작품들뿐이야. 그 작품들에 투자해서 수익을 거둘 수 있을 것 같아?"

"네."

"뭐?"

"그걸 증명할 생각입니다."

"어떻게 말이야?"

내가 웃으며 대답했다.

"'IMF'를 흥행시키면 증명되는 셈이 아닙니까?"

＊　　　　　＊　　　　　＊

리온 엔터테인먼트, 쇼라인 엔터테인먼트, 빅히트 엔터테인먼트.

대한민국 영화계를 좌지우지하는 3대 메이저 투자 배급사들이었다. 그리고 'IMF'는 세 곳의 메이저 투배사들에게서 모두 투자를 거절당했다.

그러니 'IMF'를 흥행시키면 메이저 투배사들에게서 모두 거절당했던 작품으로도 성공을 거둘 수 있다는 증명이 되는 셈이긴 했다.

틀린 주장은 아니었기에 잠시 말문이 막혔던 이현주가 다시 투지를 불태웠다.

'막아야 해.'

서진우가 투자 배급사를 설립하는 것을 무슨 수를 써서라도 막고 싶어서였다.

"서 대표는 투배사가 어떻게 돌아가는지 시스템도 모르잖아?"

"대충은 압니다."

"대충 아는 것과 직접 투배사에서 일하면서 그 바닥을 확실히 아는 것은 천지 차이야. 선무당이 사람 잡는다는 속담이 괜히 있는 줄 알아? 원래 어설프게 아는 게 제일 위험한 법이야."

"그 문제도 해결 방법이 있습니다."

"해결 방법이 있다고?"

"네."

"무슨 방법?"

"투자 배급사에서 오랫동안 일하며 잔뼈가 굵은 사람과 동업을 하면 됩니다."

"누구?"

서진우는 대답 대신 아까 한우택이 앉아 있었던 의자를 바라보았다. 그리고 이현주는 눈치가 빨랐다.

"설마… 한우택 부팀장과 동업하겠다는 생각을 하고 있는 거야?"

"맞습니다."

서진우에게서 대답이 돌아온 순간, 이현주가 손을 뻗어 소주잔을 잡았다.

'한우택 부팀장이라면… 적임자이긴 하지.'

소주잔을 들어 올리며 이현주가 떠올린 생각.

그러나 곧 고개를 가로저었다.

"한우택 부팀장이 머리에 총 맞았어? 이런 말도 안 되는 계획에 동참하게?"

리온 엔터테인먼트 투자 팀장으로 일해 달라는 스카우트 제안을 받은 한우택이 이런 무모한 계획에 동참할 가능성은 희박하다, 아니, 전무하다는 확신을 이현주는 갖고 있었다.

하지만 이번에도 서진우의 의견은 달랐다.

"아마 동참할 겁니다."

"그렇게 판단한 근거는?"

"제가 미끼를 던졌거든요."

"서 대표가 미끼를 던졌다고? 언제?"

"아까 이 대표님이 화장실에 갔을 때, 미끼를 던졌습니다."

"그 미끼가 대체 뭔데?"

이현주의 질문에 서진우가 대답했다.

"'끝까지 잡는다'입니다."

*   *   *

'어떤 작품일까?'

서진우와의 오랜만의 술자리였지만, 이현주는 의도적으로 술을 자제했다. 그리고 늦게까지 술자리를 가지려던 계획도 변경한 이유.

'끝까지 잡는다'라는 시나리오가 궁금해서였다.

"왜 벌써 왔어?"

그래서일까.

일찍 집으로 돌아오자 오승완이 당황한 기색으로 물었다.

"급히 검토할 시나리오가 있어서."

"무슨 시나리오인데?"

"나중에… 나중에 말해 줄게."

자세하게 설명할 여유도 없을 정도로 이현주는 마음이 급했다. 그래서 가방을 내려놓자마자, 컴퓨터 앞에 앉아서 메일함을 열어서 '끝까지 잡는다' 시나리오를 바로 읽어 내려가기 시작했다.

약 두 시간 후.

─한성 연쇄 살인 사건 피해자 및 유족분들에게 깊은 유감과

위로의 말씀을 드립니다. 그리고 한성 연쇄 살인 사건의 진범이 조속히 잡히기를 기원합니다.

시나리오 마지막 장까지 읽은 이현주가 부지불식간에 긴 한숨을 내쉬었을 때였다.

"미쳤네."

등 뒤에서 오승완의 목소리가 들려왔다.

*　　　　*　　　　*

그 목소리를 들은 이현주는 심장이 철렁 내려앉을 정도로 깜짝 놀랐다.

오승완이 등 뒤에 서 있다는 사실을 전혀 몰라서였다.

"언제부터 거기 있었어?"

"처음부터. 당신이 한글 파일 열 때부터 등 뒤에 서 있었다고."

"그… 랬어?"

"내가 뒤에 서 있다는 걸 두 시간 가까이 알아채지 못한 걸 보니 완전 집중하고 있었나 보네. 하긴… 그럴 만도 하다. 나도 완전 집중했으니까."

"그럼 다 읽은 거야?"

"응."

"어땠어?"

"아까 얘기했잖아."

"……?"

"시나리오가 미쳤다고."

그제야 오승완의 상기된 표정이 이현주의 눈에 들어왔다.

"연출을 맡고 싶다는 뜻이야?"

"이 작품을 연출하기 위해서라면 무릎이라도 꿇고 사정하고 싶을 정도로."

오승완의 대답을 들은 이현주가 깜짝 놀랐다.

남편이기에 오승완의 자존심이 무척 강하다는 사실을 잘 알고 있었다.

그런 오승완이 무릎을 꿇고 사정해서라도 '끝까지 잡는다'라는 작품의 연출을 맡고 싶다고 말했으니 어찌 놀라지 않을 수 있을까?

그때였다.

"당신은 어땠어?"

오승완이 물었다.

그 질문에 이현주가 대답했다.

"나도… 무릎을 꿇고 사정이라도 하고 싶어."

"그 정도로 이 작품의 제작을 맡고 싶다는 뜻이야?"

"아니."

"그럼?"

이현주가 덧붙였다.

"서진우 대표에게 날 버리지 말라고 무릎 꿇고 사정이라도 하고 싶다는 뜻이야."

*　　　*　　　*

소주를 몇 잔 마셨지만, 취기는 돌지 않았다.

택시를 타고 오피스텔로 돌아온 한우택은 욕실로 들어가서 찬물에 세수부터 했다. 그리고 옷을 갈아입을 새도 없이 컴퓨터 앞에 앉았다.

─읽지 않은 메일 1건.

메일함에는 서진우가 보낸 시나리오가 도착해 있었다.

"제목이 '끝까지 잡는다'라. 스릴러 장르의 시나리오인가 보군."

한우택이 출력 버튼을 눌렀다.

끽, 끽, 끼익.

요란한 소리를 내며 '끝까지 잡는다' 시나리오가 출력되는 사이, 한우택이 창가 쪽으로 다가갔다.

이제는 익숙해진, 딱히 특별한 것 없는 야경을 내려다보던 한우택이 떠올린 것은 레볼루션 필름 서진우 대표와 나누었던 대화였다.

"제가 왜 'IMF'의 시나리오를 쓰고 제작하려는지 이유를 아십니까?"

"말씀해 보시죠."

"현재 대한민국의 경제 상황은 무척 위중합니다. 제가 잘 아는 투자 전문가분은 IMF에서 구제 금융을 받는 최악의 상황이 벌어질지도 모른다고 우려했을 정도였습니다. 그렇지만 이런 심각한 대한민국의 현실을 제대로 알리는 사람들은 없습니다. 정부 관료들도, 언론도 쉬쉬하며 심각한 대한민국 경제 상황에 대해서 숨기기 급급하죠. 그래서입니다. 이대로라면 대한민국 국민들은 아무것도 모른 채, 또 아무 준비도 하지 못한 채 최악의 상황에 직면하게 될 겁니다. 저는 'IMF'라는 작품을 통해서 국민들에게 경고를 하고 싶습니다. 또, 최악의 상황에 대비할 수 있는 기회를 주고 싶습니다. 한 부팀장님은 그럴 때가 없습니까?"

"어떤 때 말입니까?"

"무조건 흥행한다는 확신이 드는 작품, 그리고 가슴을 뛰게 만드는 작품, 이런 작품들에 투자하고 싶지 않으십니까?"

"물론 있었죠."

"하지만 뜻대로 되지 않았을 경우가 많았을 겁니다. 그리고 누군가의 밑에서 일한다면 그런 케이스가 반복될 겁니다. 그래서 한 가지 제안을 드리고 싶습니다. 저와 함께 투배사를 세워 보지 않으시겠습니까? 물론 너무 갑작스러운 제안이라는 것은 알고 있습니다. 또 쉽게 결정을 내리기 어려운 제안이라는 것도요. 그래서 한 부팀장님이 결정을 내리기 쉽도록 메일 주소를 알려 주시면 한 편의 시나리오를 보내 드리겠습니다. 만약 그 시나리오를 읽고 난 후, 흥행한다는 확신이 들 경우, 또 가슴이 뛸 경우에는 제게 연락을 주십시오."

'어떤 시나리오를 보낼까?'

택시를 타고 오피스텔로 돌아오는 동안, 서진우가 어떤 시나리오를 보냈을지 궁금해서 미칠 지경이었다.

끼익, 끼익, 끼이익.

힘겹게 작동하던 프린트기가 마지막 장 출력을 마치고 동작을 멈췄다.

"후우."

크게 한숨을 내쉰 한우택이 출력된 시나리오를 들고 식탁 앞으로 다가가 앉았다.

"대체 어떤 작품일까?"

한우택이 더 참지 못하고 시나리오를 읽기 시작했다.

그리고 약 두 시간 후, 한우택이 시나리오의 마지막 장을 읽자마자 주머니에서 담뱃갑을 꺼냈다.

딸깍.

"후우."

담배에 불을 붙인 한우택이 깊이 빨아들였던 연기를 길게 내뿜었다.

그런 그가 미간을 찡그렸다.

쿵, 쿵, 쿵.

담배라도 피우면 미친 듯이 뛰는 심장이 좀 진정될 거라고 기대했는데.

한우택의 기대와 달리 심장은 여전히 미친 듯이 빠른 속도로 뛰고 있었다.

잠시 후, 그의 입이 열렸다.

"내 심장을 이렇게 뛰게 만든 작품은 처음이군."

*   *   *

"쉽지 않을 거야."

나도 한우택의 마음을 돌리는 것이 쉽지 않다는 것쯤은 알고 있다.

도전과 변화를 두려워하는 것은 당연한 인간의 본성.

한우택이 안정된 직장을 포기하고 제대로 알지도 못하는 나와 손잡고 투자 배급사를 설립하는 것에는 아주 많은 용기가 필요했다.

그럼에도 불구하고 내가 한우택에게 이런 제안을 한 이유.

"지금이 아니면 십 년을 더 기다려야 해."

한우택은 아직 미혼이다.

그렇지만 내가 기억하는 투자 배급사 NOW & NEW의 한우택은 기혼이었다.

'딸이 초등학생이었어.'

이현주 대표도 인정했듯이 한우택은 능력 있는 투자 배급사 직원이다.

지금 당장 투자 배급사를 세워도 성공할 수 있을 정도의 능력자.

하지만 한우택은 지금으로부터 10년이 더 지난 후에야 투자 배급사 NOW & NEW를 설립했다. 그리고 이렇게 오랜 시간이 걸린 이유는 그가 가장이 됐기 때문이었다.

한 집안의 생계를 책임져야 하는 가장이 된 한우택은 매달 월급이 꼬박꼬박 나오는 안정된 직장을 쉽게 포기할 수 없었을 터.

그래서 내가 서두르는 것이다.

"미끼는 물 거야."

이 점은 확신이 있다.

한우택은 작품을 보는 안목이 탁월한 편인 만큼, '끝까지 잡는다'가 아주 좋은 작품이란 것을 알아볼 테니까.

그리고 이현주 대표에게는 미끼라고 표현했지만, 난 '끝까지 잡는다'가 스모킹건 역할을 해 주길 기대하고 있었다.

"지난 생에는 '나는 변호인이다'가 스모킹건 역할을 했었지."

가장으로서 안정된 직장을 포기하지 못하던 한우택이 투자 배급사 NOW & NEW를 설립하는 데 있어 스모킹건 역할을 했던 작품.

바로 '나는 변호인이다'였다.

한우택은 영화 매체와 했던 인터뷰에서 '나는 변호인이다'의 시나리오를 읽고 미친 듯이 가슴이 뛰었다고 밝혔다. 그리고 꼭 투자를 하고 싶었는데 정치색이 짙다는 이유로 투자가 무산되자 홧김에 사직서를 내고 NOW & NEW를 설립했었다고도 밝혔고.

그래서 이번에는 '끝까지 잡는다'라는 작품이 '나는 변호인이다'를 대신해 한우택이 NOW & NEW를 설립하는 데 있어 스모킹건 역할을 해 주길 기대하는 것이었고.

"일단은 기다리는 수밖에."

나 혼자 서둘러서 될 일이 아니었다.

한우택이 어떤 결정을 내릴 때까지 기다려야 했다. 그래서 내가 잠을 청하기 위해서 침대에 막 누웠을 때였다.

지이잉, 지이잉.

탁자 위에 올려 둔 휴대 전화가 진동했다.

"여보세요?"

─한우택입니다.

'이 아저씨도 성격 급하네.'

내가 속으로 생각하며 희미한 미소를 입가에 머금었다.

＊　　　　＊　　　　＊

24시간 영업하는 감자탕집에서 한우택을 다시 만났다.

'일단 다시 만났다는 건 긍정적인 시그널이야.'

예상했던 것보다 훨씬 이른 시점에 한우택이 연락했다는 사실로 인해 내가 기대감을 품고 있을 때였다.

"잠이 안 왔습니다."

자정이 넘은 시간에 연락했던 한우택이 미안한 표정으로 먼저 입을 뗐다.

"괜찮습니다. 저도 잠이 오지 않아서 깨 있었습니다."

"왜 이렇게 잠이 오지 않을까? 그 이유에 대해서 곰곰이 고민해 봤는데… 가슴이 뛰어서였습니다. 그리고 제 가슴이 뛴 이유는… '끝까지 잡는다'라는 작품 때문이었습니다."

"다행이네요."

"네?"

"시나리오가 수면제처럼 재미가 없진 않았다는 의미이니까요."

내가 웃으며 농담을 건네자, 한우택이 마주 웃으며 다시 입을 뗐다.

"'끝까지 잡는다' 시나리오를 읽고 난 후에 한 가지 의문이 생겼습니다."

'내가 발견하지 못한 개연성의 문제를 발견한 건가?'

퍼뜩 든 생각에 내가 긴장하고 있을 때, 한우택이 물었다.

"왜 하필 저입니까?"

"네?"

"투자 및 배급 쪽 일을 하는 사람들은 많습니다. 저보다 경력이 풍부한 사람도, 실력을 더 인정받은 사람도 많고요. 그런데 서진우 대표님이 왜 하필 제게 이런 제안을 했을까? 이 의문이 머릿속을 계속 떠나지 않았습니다."

'당신이 투자 배급사를 세워서 성공할 것을 알고 있으니까.'

내가 속으로 대답하며, 입으로는 다른 대답을 꺼냈다.

"실력이 있으니까요."

"하지만……."

"이현주 대표님이 추천하셨습니다."

한우택은 분명히 이런 질문을 던질 것이라고 예상했다. 그래서 미리 준비했던 대답을 꺼내자 그는 심각한 표정으로 앞에 놓인 소주잔을 향해 손을 뻗었다.

단숨에 소주잔을 비운 후, 그가 입을 뗐다.

"솔직히 말씀드리면 제 의견은 부정적입니다."

"이유를 들을 수 있을까요?"

"우선 투자자를 구하기 힘들 겁니다. 그리고 자신도 없습니다."

한우택이 두 가지 이유를 입 밖으로 꺼내면서 내 제안을 거절했다.

그렇지만 난 당황하지 않았다.

첫술에 배부를 수는 없는 노릇.

한우택에게서 이런 반응이 돌아올 것을 어느 정도 예상했었기 때문이었다.

"오히려 쉽네요."

그래서 내가 말하자, 한우택이 당황한 표정으로 물었다.

"무슨 뜻입니까?"

"그 두 가지 문제만 해결하면 한우택 부팀장님의 마음을 돌릴 수 있으니까요."

"그렇긴 하지만……."

한우택이 슬그머니 말끝을 흐렸다.

"그 두 가지 문제를 해결하는 것이 결코 쉬운 일이 아닙니다."

원래 그가 하려던 말을 짐작한 내가 다시 입을 뗐다.

"투자자는 제가 구하겠습니다."

"서 대표님이요?"

"네. 영화 투자에 관심이 있는 투자자분을 알고 있습니다."

거짓말을 한 게 아니다. 그리고 내가 언급한 영화 투자에 관심이 있는 사람은 '밸류에셋'의 채동욱 대표다.

'분명히 투자할 거야.'

채동욱은 문화 콘텐츠에 투자해서 큰 수익을 올릴 수 있다는 사실을 알게 됐다.

게다가 그는 나에 대한 신뢰가 있다.

내가 한우택과 함께 손을 잡고 투자 배급사를 설립한다면 분명히 투자를 할 것이다.

"자, 첫 번째 문제는 의외로 쉽게 해결된 것 같네요."

"네? 네."

"그럼 다음으로 넘어갈 차례네요. 아까 자신이 없다고 하셨죠? 좀 더 구체적으로 이유를 들을 수 있을까요?"

"작품 수급 문제 때문입니다. 신생 투자 배급사에 1순위로 작품을 보내는 제작사는 없습니다. 기존의 메이저 투배사들과 중견 투배사들에게 먼저 작품을 보내서 투심을 받죠. 그러니 신생 투배사에 들어오는 작품은… 기존의 메이저 투배사들에게서 모두 투자 가치가 없다는 평가를 들은 작품들입니다. 과연 그 작품들의 수준이 뛰어날까요? 그리고 그 작품들 가운데 옥석을 가리는 것이 과연 의미가 있을까요?"

*　　　　　*　　　　　*

'이현주 대표가 했던 것과 같은 우려네.'

한우택이 이야기를 마친 순간, 내가 한 생각이었다.

"한우택 부팀장님."

"말씀하시죠?"

"현재 빅히트 엔터테인먼트 투자 팀장 직책을 맡고 있는 게 누구입니까?"

"최귀순 팀장입니다."

"그분은 작품을 보는 안목이 탁월한 편입니까?"

내 질문에 한우택의 말문이 막힌다.

그 반응을 확인한 후, 기회를 놓치지 않고 말을 이었다.

"현재 리온 엔터테인먼트 투자 팀장을 맡고 있는 박중배 팀장은 어떻게 생각하십니까? 박중배 팀장은 작품을 보는 안목이 탁월합니까?"

"그건… 제가 함께 일해 보지 않아서 잘 모르겠습니다."

한우택이 대답을 마친 순간, 내가 빙그레 웃으며 말했다.

"그 말씀은… 함께 일해 보셨던 최귀순 팀장의 작품을 보는 안목은 별로라는 뜻으로 받아들여도 될까요?"

"…그렇습니다."

잠시 망설이던 한우택이 대답한 순간, 내가 덧붙였다.

"박중배 팀장의 작품을 보는 안목이 별로라는 것은 제가 확신을 갖고 말씀드릴 수 있습니다."

"그렇게 확신하는 근거는 무엇입니까?"

"'텔 미 에브리씽'입니다."

"……?"

"박중배 팀장이 '텔 미 에브리씽'의 투자를 거절한 장본인이거든요."

한우택이 반박하지 못하고 소주잔을 향해 손을 뻗었다.

"그럼 이제 남은 건 쇼라인 엔터테인먼트 엄기백 팀장뿐이군요. 그런데 제가 보기엔 도긴개긴입니다."

"네?"

"엄기백 팀장이 'IMF'의 투자를 거절했거든요. 그러니 메이저 투배사에서 놓친 좋은 작품이 우리가 세운 신생 투배사에까지 흘러들어올 가능성은 충분하다고 생각합니다. 그렇게 생각하지 않으십니까?"

한우택은 '네'라고 대답하는 대신 침묵했다.

그런 그는 여전히 불안한 기색이었다.

'이렇게 쉬울 리가 없지.'

한우택은 무척 탐나는 인재.

그런 그를 끌어들이는 게 쉽지 않을 거라고 이미 난 예상하고 있었다. 그래서 준비한 마지막 패를 꺼내기로 결심했다.

"이렇게 하시죠."

"어떻게 말입니까?"

"한우택 부팀장님도 아시겠지만, 저와 이현주 대표가 공동 제작 하는 'IMF'라는 작품은 메이저 투배사들에게서 모두 투자를 거절당했습니다. 만약 'IMF'를 제작해서 흥행에 성공한다면, 메이저 투배사들에게서 투자를 거절당했던 작품으로도 흥행작을 배출할 수 있다는 증거가 되지 않겠습니까?"

"그런… 셈이죠."

"'IMF'를 제작해서 흥행시키겠습니다. 그럼 제가 한 동업 제안을 받아들이시는 걸로 하시죠."

잠시 고민하던 한우택이 고개를 끄덕여 내 제안을 수락했다.

"어려울 겁니다."

그런 그가 예언하듯 말했다.

"저도 어려운 일이라는 것을 알고 있습니다. 그래도 꼭 해낼 겁니다."

내가 웃으며 덧붙였다.

"한우택 부팀장님과 꼭 함께 일하고 싶거든요."

*   *   *

'주사위는 던져진 셈이네.'

이미 주사위는 던진 상황이니, 다시 주워 담을 수도 없었다.

"어쩌려고 그래?"

그런 날 이현주 대표가 질책했다.

그녀 역시 'IMF'를 흥행시키는 것이 무척 어려운 일이라는 사실을 알고 있어서였다.

아니, 흥행이 문제가 아니라 제작을 마치고 개봉하는 것조차 어렵다고 그녀는 판단하고 있으리라.

그래서일까.

답답한 표정으로 한숨을 푹 내쉬던 이현주가 말했다.

"아니다. 오히려 잘된 일인 것 같다. 난 서 대표가 투자 배급사를 설립하는 것을 반대하는 입장이니까."

"저는 자신 있습니다."

그런 그녀에게 내가 말했다.

아무 대책도 없이 주사위를 던졌던 것은 아니었다.

내게는 믿는 구석이 몇 가지 있었다.

"자신이 있다? 서 대표가 믿는 구석이 대체 뭔데?"

"캐스팅입니다."

"캐스팅? 독립 영화 못지않게 제작비를 줄이기 위해서 주연 배우들을 신인급으로 캐스팅하겠다고 말했었잖아?"

"생각이 바뀌었습니다."

"왜 서 대표 생각이 바뀐 건데?"

"'IMF'의 흥행 여부가 그때보다 훨씬 더 중요해졌으니까요."

한우택을 동업자로 끌어들이기 위해서는 'IMF'가 꼭 흥행해야 했다.

그래서 신인급 남녀 주연 배우로는 어렵다고 판단했기에 도중에 계획을 바꾼 것이었다.

"그럼 독립 영화 수준으로 제작비를 낮추는 것은 포기하는 거야?"

"물론 그건 아닙니다. 제작비를 낮춰야만 제작이 가능하니까요."

"뭐야? 제작비는 독립 영화 수준으로 낮추면서 캐스팅에는 힘을 주겠다는 것. 앞뒤가 안 맞잖아?"

"제게 복안이 있습니다."

"복안이 있다?"

"네."

"그럼 어디 들어나 보자. 서 대표가 'IMF'의 주연으로 생각하는 배우가 누군데?"

그 질문에 내가 대답했다.

"이강희입니다."

$$* \qquad * \qquad *$$

'블루윈드' 사무실.

내가 들어섰을 때, 가장 먼저 반겨 준 것은 이강희였다.

"누구세요?"

"벌써 제 얼굴을 잊어버리신 겁니까?"

"하도 오래간만이라 기억이 가물가물하네요."

서운한 기색을 감추지 않고 드러내는 이강희에게 내가 사과했다.

"요새 이런저런 일들로 많이 바빴습니다."

"나도 바쁘거든요."

"알고 있습니다. TV를 틀기만 하면 이강희 씨가 보였으니까요."

"내가 요새 좀 잘나가긴 해요. 그리고… 이게 다 서진우 씨덕분이에요."

이강희가 말을 마친 순간, 내가 기회를 놓치지 않고 입을 뗐다.

"혹시 은혜 갚은 까치라는 동화, 아십니까?"

"당연히 알죠. 그런데 갑자기 동화 이야기는 왜……?"

의아한 표정으로 질문하던 이강희가 두 눈을 크게 떴다.

"혹시 내 도움이 필요하다는 뜻인가요?"

"그렇습니다."

"뭔데요?"

"제가 제작하고 있는 'IMF'라는 영화에 출연해 주십시오."

내 대답을 들은 이강희가 고개를 갸웃했다.

"캐스팅이 잘 안 돼요?"

"그건 모르겠습니다."

"기면 기다, 아니면 아니다지 모르겠다는 건 또 뭐야? 대체 왜 모른다는 거예요?"

"캐스팅 단계에 들어가지 않았으니까요."

"아! 그 말은 내가 캐스팅 일 순위라는 뜻?"

"그렇습니다."

내가 캐스팅 일 순위가 맞다고 인정하자, 이강희가 두 눈을 빛내며 물었다.

"날 캐스팅 일 순위로 선택한 이유가 뭔데요? 압도적인 연기력? 인지도? 그도 아니면 티켓 파워?"

그녀의 질문에 내가 대답했다.

"돈이 없어서요."

*　　　　*　　　　*

"대섭 오빠, 서진우 씨가 제작하는 'IMF'라는 영화에 날 캐스팅 일 순위 후보로 찍은 이유가 뭔지 알아? 돈이 없어서래."

어이없다는 표정을 짓고 있던 이강희는 대표실로 쪼르르 달려가서 신대섭에게 일러바쳤다.

"신대섭 대표님, 오랜만입니다."

대표실로 따라 들어간 내가 신대섭에게 인사했다.

"네, 잘 지내셨죠?"

"그럭저럭 지내고 있습니다."

"얼굴이 마지막으로 뵀을 때보다 더 좋아지신 것 같습니다."

'눈썰미 좋네.'

한반도의 이름 없는 영웅인 무휼이 전수해 준 태극일원공을 꾸준히 수련한 덕분에 탁기가 빠져나가며 내 외모는 더 준수해졌다. 그리고 신대섭은 그 점을 놓치지 않았다.

그때, 이강희가 끼어들었다.

"오빠, 지금 서진우 씨와 안부 인사를 나누고 있을 때야? 소속 배우가 이런 수모를 겪었으면 대신 싸워야 맞는 것 아냐?"

"강희야."

"응."

"서진우 씨가 '블루윈드' 최대 지분 보유자란 사실을 잊은 건 아니지?"

신대섭이 꺼낸 이야기는 이강희의 말문을 막히게 만들기에 충분했다. 그리고 그녀가 입을 다문 순간, 신대섭이 물었다.

"강희를 캐스팅 일 순위 후보로 올린 게 돈이 없어서라는 게 정말입니까?"

"겸사겸사입니다."

"그럼 다른 이유도 있다는 뜻이군요?"

"맞습니다. 'IMF'라는 작품 속 여주인공 배역의 캐릭터와 이 강희 씨의 이미지가 무척 어울린다고 판단했습니다."

"네?"

"나중에 시나리오를 읽어 보시면 아시겠지만, 여주인공은 대한민국을 좌지우지하는 경제 관료, 일명 모피아들과 끝까지 맞서 싸우는 배역입니다. 그래서 여전사 이미지를 장착한 이 강희 씨와 싱크로율이 무척 높다는 생각이 들었습니다."

내가 'IMF'라는 작품이 현재 처해 있는 상황에 대해서 간략하게 설명했다.

그 설명을 모두 들은 신대섭이 이강희를 바라보았다.

"강희야, 어떻게 할래?"

"'블루윈드' 최대 지분 보유자가 까라면 까야지."

"넌 말을 해도 꼭 그렇게……."

"농담이야. 서진우 씨가 하는 부탁이라면 당연히 들어줘야지. 지금의 내가 있는 건, 다 서진우 씨 덕분이니까."

이강희가 말을 마친 순간, 내가 서둘러 입을 뗐다.

"그렇다고 해서 제가 무료 봉사를 해 달라고 부탁할 정도로 양심이 없는 인간은 아닙니다."

"……?"

"……?"

"'IMF'라는 작품의 제작비를 낮춰야 하는 입장이기 때문에 러닝 개런티 방식으로 출연 계약을 맺을 겁니다. 만약 'IMF'가 손익 분기점을 넘기고 흥행하면 이강희는 제작사 수익의 일정 비율을 받게 되는 방식인 거죠. 그리고 제 이름을 걸고 'IMF'를 꼭 흥행시키겠다는 약속을 드리겠습니다."

"서진우 씨의 자신감은 여전하시네요."

신대섭이 웃으며 말했다.

"난 서진우 씨가 하는 말을 믿어. 지난번에도 서진우 씨가 했던 말처럼 모두 진행됐으니까."

깊은 신뢰가 담겨 있는 시선을 내게 던지던 이강희가 생긋 웃으며 덧붙였다.

"여자 주인공은 정해졌고, 그 여자 주인공이 남자 주인공은 누가 맡는지 궁금하네요."

"전우상 씨를 생각하고 있습니다."

"우상이를요?"

"아까 설명드렸듯이 'IMF'라는 작품은 제작비를 많이 쓸 수 없는 만큼 신인들 위주로 캐스팅을 진행할 겁니다. 그래서 기왕이면 '블루윈드' 소속 신인 배우들을 활용하는 편이 낫다는 생각을 했습니다."

만약 'IMF'가 흥행한다면 작품에 출연한 '블루윈드' 소속 신인 배우들의 인지도도 쌓일 터.

꿩도 먹고 알도 먹을 수 있는 기회라고 판단해서 난 이런 계획을 세운 것이었다.

그런 내 제안을 들은 신대섭은 반색했다.

그 역시 이게 '블루윈드' 소속 신인 배우들의 인지도를 쌓을 수 있는 무척 좋은 기회라는 사실을 직감적으로 알아챘기 때문이리라.

"감사합니다."

잠시 후 신대섭이 내게 인사했다.

그런 그에게 내가 말했다.

"신대섭 대표님을 위해서 내린 결정이 아닙니다."

"……?"

"제가 '블루윈드' 최대 지분 보유자란 사실을 잊으신 것, 아니죠?"

＊　　　＊　　　＊

그다음 내가 찾아간 곳은 '밸류에셋'이었다. 그리고 이번엔

안내 데스크를 통할 필요도 없었다.

채동욱이 직접 로비까지 내려와서 날 기다리고 있었기 때문이었다.

"서 선생, 어서 와."

놀란 직원들의 시선 따윈 아랑곳하지 않고 채동욱은 내 손을 잡고 이끌었다.

"자, 나가세."

"어딜 가시려는 겁니까?"

"사나이 대 사나이로 같이 술 한잔하려고."

채동욱과 함께 술을 마신 적은 많았다.

채수빈의 과외를 마치고 내려올 때마다 거의 한 번도 빼놓지 않고 술을 마셨으니까.

그렇지만 단둘이서 술을 마신 적은 한 번도 없었다.

그래서 채동욱은 이번 기회를 놓치지 않기 위해서 로비까지 내려와서 날 기다리고 있었던 것이었다.

난 거절하지 않고 로비 앞에 미리 대기하고 있던 기사가 운전하는 고급 세단에 올라탔다.

*   *   *

"어디로 가시는 겁니까?"

"내 비밀 공간."

"비밀 공간… 요?"

"가 보면 알아."

채동욱은 더 설명하지 않고 입을 다물었다.

'미모와 지성을 두루 갖춘 여주인이 운영하는 고급 바에 가는 게 아닐까?'

내가 상상의 나래를 펼치는 사이, 도심을 빠져나온 세단은 허름한 골목으로 들어섰다. 그리고 세단이 멈춰 선 곳은 간판조차 없는 허름한 정육점 앞이었다.

"여기일세."

채동욱이 내게 말했다.

"불이 꺼져 있는데요?"

"응. 내가 찾아온다고 해서 불을 꺼 둔 거야. 다른 손님이 찾아오지 못하도록 말일세."

"아."

내가 말뜻을 이해했을 때, 정육점의 문이 열렸다.

"대표님, 어서 오십시오."

산적처럼 생긴 중년 남자가 채동욱에게 공손하게 인사한 후, 날 확인하고 흡사 귀신이라도 본 사람처럼 두 눈을 치켜떴다.

'왜 저래?'

남자의 반응에 내가 더 당황했을 때였다.

"손님… 이십니까?"

"맞네. 내가 손님을 데려온 것은 처음이라 많이 놀랐나 보군."

채동욱과 남자의 대화를 듣고서야 난 남자가 보였던 놀란 반응이 이해가 갔다.

'채동욱 대표님이 손님을 데려온 게 이번이 처음이라서 놀란 것이었구나.'

"어서 들어가세."

"네."

채동욱의 재촉을 받고 난 정육점 안으로 들어갔다.

허름한 외관처럼 내부는 허름했다.

정육점 특유의 붉은색 조명으로 인해 어딘가 섬뜩한 느낌이 들기도 했고.

그리고 중년 남자가 칼을 집어 드는 것까지 확인한 순간, 마치 당연하다는 듯이 영화 제작자 서진우의 상상의 나래가 펼쳐졌다.

"여기 절 데려오신 게 정적을 처리하기 위함은 아니시죠?"

"정적을… 처리해? 하핫, 서 선생, 보기보다 유머 감각이 있는 편이군."

채동욱이 유쾌하게 웃은 후 덧붙였다.

"'밸류에셋'이 돈을 벌 수 있도록 도움을 주는 데다가 수빈이를 한국대에 보내 줄 훌륭한 과외 선생인 서 선생을 내가 정적이라 여길 이유가 없지 않은가? 내가 서 선생을 여기로 데려온 것은 진짜 좋은 고기를 대접하기 위해서라네."

"진짜 좋은 고기요?"

"저 친구가 직접 방목해서 키운 한우를 눈앞에서 해체해 대접하지. 그러니 눈으로도 즐기고, 입으로도 즐기도록 하게."

중년 남자가 식칼을 든 채 직접 한우 해체 쇼(?)를 펼치기 시작했다.

가장 먼저 나온 것은 육회.

"자, 먹어 보게."

젓가락을 들고 육회를 한 점 입에 넣은 후 깜짝 놀랐다.

고소하고 달콤한 육즙을 느끼기 무섭게 입안에서 사르르 녹아 버렸기 때문이었다.

"술도 한잔해야지."

거기에 산삼주까지 더해지니 이보다 좋을 수는 없었다.

'좋네.'

내가 속으로 생각하며 입을 뗐다.

"이렇게 맛있는 술과 음식을 맛볼 수 있는 기회를 주셨으니, 꼭 보답을 드려야겠습니다."

그 이야기를 들은 채동욱이 두 눈을 반짝였다.

"서 선생이 그렇게 말하니 벌써 기대가 되는군. 어서 말해 보게. 날 찾아온 이유가 대체 무엇인가?"

"투자 기회를 드리고 싶어서요."

"투자 기회? 어디에?"

"제가 제작하는 'IMF'라는 작품입니다."

채동욱은 투자 전문가.

'IMF'라는 제목만 듣고도 작품의 내용은 유추해 냈다.

"혹시 대한민국이 IMF에서 구제 금융을 받는 경우를 가정해서 제작한 작품인가?"

"그렇습니다."

"꽤 재밌겠군."

채동욱이 흥미를 드러내며 내게 물었다.

"예상 수익률은 얼마나 되는가?"

"모르겠습니다."

"수익률 예측이 불가능하다?"

내 대답을 들은 채동욱이 고개를 갸웃한 후 물었다.

"대충이라도 관객 수를 예측할 수 있지 않은가? 그러니 수익률을 예측하는 것도 가능하지 않은가?"

"원래라면 그렇습니다. 하지만 'IMF'라는 작품의 경우에는 특수성이 있습니다."

"특수성? 어떤 특수성이 있다는 건가?"

"캐스팅입니다."

"……?"

"여주인공에 이강희를 캐스팅한 것을 시작으로 거의 대부분의 배역을 '블루윈드' 소속 배우들로 캐스팅할 겁니다. 만약 'IMF'가 흥행한다면, 작품에 출연한 '블루윈드' 소속 배우들의 인지도는 대폭 상승할 겁니다. 그리고 '밸류에셋'에서는 현재

'블루윈드'에도 투자를 한 상황이 아닙니까? 그래서 '블루윈드' 소속 배우들이 주목을 받게 될 경우에 '밸류에셋'이 얻을 수 있는 잠재적인 수익률을 예측하는 것은 불가능하다고 판단했습니다."

"도랑 치는 김에 가재도 잡을 수 있다는 뜻이로군. 내가 제대로 이해한 게 맞나?"

"맞습니다."

채동욱은 금세 말뜻을 이해했다.

"그럼 무조건 투자해야지. 얼마나 투자할까?"

"일억만 투자하십시오."

"일억?"

채동욱이 눈살을 찌푸렸다.

내가 요구한 투자 금액이 많아서가 아니었다.

오히려 그 반대였다.

"왜 고작 일억만 투자하라는 건가? 혹시 다른 곳에서 이미 투자를 받은 건가?"

"그건 아닙니다."

"그럼 왜인가?"

'IMF'라는 작품에서 본능적으로 돈 냄새를 맡은 채동욱이 서둘러 물었다.

"'IMF'를 저예산 영화로 제작하는 전략을 수립했습니다."

"그래야 할 이유가 있나?"

"대표님 때문입니다."

"나?"

내가 이유로 채동욱을 지목하자, 그는 얼떨떨한 표정이었다.

그런 그에게 내가 부연했다.

"대표님께서는 영화에 투자하는 게 하이 리스크 하이 리턴이라는 고정 관념을 갖고 계시지 않습니까? 이번 기회에 로우 리스크 하이 리턴이 가능하다는 것을 증명해 보이겠습니다."

*　　　　　*　　　　　*

방학 기간인 두 달여.

난 거의 모든 시간을 'IMF'의 제작에 쏟아부었다.

'독립 영화지만 독립 영화 같지 않은 퀄리티.'

이게 내가 세운 목표였다. 그리고 이강희를 비롯한 '블루윈드' 소속 배우들은 최선을 다한 연기를 펼쳤다.

촬영을 마치고 후반 작업까지 끝난 가을의 밤.

난 이현주 대표를 다시 만났다.

*　　　　　*　　　　　*

"서 대표, 진짜 고생 많았어."

이현주 대표는 소주병을 들어 잔을 채워 주며 내 노고를 치하했다.

"열심히 하는 것은 필요 없다. 잘하는 게 중요하다."

"……?"

"제가 아는 검사분이 이런 말씀을 하셨습니다. 그래서 대표님의 의견이 궁금합니다."

이현주는 후반 작업까지 마친 'IMF'를 이미 확인한 상황.

내가 의견을 묻자, 이현주가 소주잔을 매만지며 잠시 고민하다가 대답을 꺼냈다.

"너무 아깝다는 생각이 들었어."

"……?"

"아, 영화의 완성도가 내 기대에 미치지 못했다는 뜻이 아냐. 내가 아깝다고 표현한 이유는 'IMF'가 상업 영화가 아니라 독립 영화로 제작됐다는 것이 아깝다는 뜻이었어."

"좀 더 자세히 말씀해 주시죠."

"시나리오는 이미 오래전에 읽어 본 터라 스토리적인 부분이야 더 말할 필요가 없지. 내가 가장 우려했던 것은 배우들의 연기였어. 그런데 괜한 우려였다는 생각이 들었어. 이강희는 노 개런티로 출연한 것이 미안할 정도로 인생 연기를 펼쳤고, 주요 배역을 맡은 신인들도 내 기대 이상의 좋은 연기를 펼쳤어. 그런 배우들의 열연 덕분에 아마추어들이 참여한 독립 영화 냄새가 전혀 없어. 어지간한 상업 영화는 씹 쩌 먹을 정도로 퀄리티가 좋았어."

이현주는 입에 발린 말을 하는 성격이 아니었다.

그런 그녀가 이렇게 말하는 것은 진심으로 완성된 'IMF'라는 작품에 만족했다는 증거였다.

'목표는 달성했네.'

독립 영화지만 독립 영화 같지 않은 퀄리티의 작품을 뽑아내는 것이 내 목표.

그 목표를 달성했다는 생각이 들어서 희미한 웃음을 머금었다.

'강희 씨가 은혜 갚은 까치 역할을 톡톡히 했네.'

'IMF'의 여주인공 배역과 이강희의 여전사 이미지가 워낙 잘 어울렸던 상황.

게다가 내게 진 빚을 갚을 기회라고 판단한 듯 이강희는 혼을 실은 열연을 펼쳤다.

이현주의 표현대로 인생 연기.

그리고 '블루윈드' 소속 신인 배우들도 기성 배우들 못지않은 열연을 펼쳤다.

신대섭이 배우들의 연기 연습에 소홀히 하지 않은 것이 빛을 발했고, 촬영에 들어가기 전에 거의 모든 배우들이 '블루윈드' 회의실에 모여서 작품과 배역에 대해서 분석하고 공부했던 것도 도움이 됐을 터.

'나한테 잘 보이려는 것도 있었겠지.'

'IMF'는 '블루윈드'의 최대 지분 보유자인 내가 제작하는 영화.

그 사실을 전해 들은 배우들은 내 눈에 들기 위해서라도 더 열심히 연기했으리라.

"문제는 배급이야."

이현주가 소주를 마신 후 꺼낸 이야기를 듣고서 난 상념에서 깨어났다.

"몇백 명이 관람하는 것으로 만족하기에는 너무 아깝다는 생각이 들었어. 그래서 내가 인맥을 총동원해서 상영관을 확보해 보려고 했는데도 생각처럼 쉽지 않네. 지방의 극장 몇 군데는 간신히 상영관을 잡았는데, 그조차도 메인 시간대가 아냐. 조조, 아니면 심야 시간에만 걸릴 것 같아."

"괜찮습니다. 이미 예상했던 것이니까요."

내가 담담한 목소리로 대답하자, 이현주가 답답한 표정을 지었다.

"정말 괜찮아? 서 대표는 'IMF'를 제작한 걸로 진짜 만족하는 거야?"

"물론 만족 못 합니다."

"그런데?"

"영화가 가지고 있는 힘을 믿습니다. 좋은 영화라면 관객들이 어떻게든 찾아와서 관람할 테니까요."

"너무 이상적인 이야기다."

이현주가 한숨을 푹 내쉬었지만, 난 웃음을 지은 채 덧붙였다.

"저를 한 번 더 믿어 보시죠."

　　　　　*　　　　　*　　　　　*

"IMF?"

신문을 무심코 넘기려 했던 함유석이 멈칫했다.

평소 그리 주의 깊게 읽지 않던 문화 면에서 국제 통화 기금을 뜻하는 IMF라는 단어를 발견했기 때문이었다.

금주의 신작란에는 'IMF'라는 작품에 대한 소개가 나와 있었다.

―대한민국이 전대미문의 위기에 처한다.

짤막한 한 줄짜리 로그라인이 함유석의 시선을 사로잡았다.

"전대미문의 위기에 처한 것은 맞지."

한국대 경영학과 교수이자, 재경부 자문 위원을 겸하고 있는 함유석이었기에 현재 대한민국의 경제 상황이 커다란 위기에 봉착했다는 사실을 알고 있었다. 그래서 재경부 회의에 참석할 때마다 한국 경제의 위험성을 경고했지만, 공무원들은 귀담아듣지 않았다.

"감언이설에만 귀 기울이는 한심한 족속들."

이미 공무원들에게 실망할 대로 실망한 함유석이 한숨을 내쉰 후 다시 신문지로 고개를 떨궜다.

―외환 보유고가 바닥난 대한민국이 국제 통화 기금 IMF에 구제 금융을 신청하며 지옥문이 열린다. 지옥에 떨어진 인간 군상들이 생존을 위해서 필사적인 몸부림을 치기 시작한다.

로그라인에 이어 간략 줄거리를 읽은 후 함유석이 은테 안경을 추켜올렸다.

"이거… 뭐야?"

외환 보유고가 바닥이 나서 국제 통화 기금에 구제 금융을 신청한다는 이야기.

무척 구체적이었다.

'가능성 있는 시나리오야.'

정부와 언론에서는 대한민국 경제가 괜찮다고 연일 포장하고 있지만, 함유석은 곳곳에서 파열음이 일어나고 있다는 사실을 잘 알고 있었다.

특히 그는 외환 보유고가 부족하다는 점을 우려하고 있었는데.

'IMF'라는 영화는 바로 그 점을 부각했다.

"궁금하군."

함유석이 흥미를 느꼈다.

"영화를 보러 극장에 가는 게 얼마 만인지 모르겠군."

마지막으로 본 영화의 제목이 기억조차 나지 않을 정도니 무척 오래전일 것이었다.

그래서 흐릿한 미소를 지은 함유석이 외출 준비를 서둘렀다.

*　　　　　*　　　　　*

약 한 시간 후.

'IMF'가 상영하는 극장 안으로 들어선 함유석이 주위를 살폈다.

"관객이 별로 없군."

극장 안에 관객이 3분의 1도 차지 않았다는 사실을 알아챈 함유석이 작게 고개를 끄덕였다.

당장 'IMF'라는 제목부터 생소했다.

경제 전문가나, 경제에 관심이 많은 사람이 아니라면 IMF가 국제 통화 기금이란 사실조차도 모를 것이었다.

게다가 저예산 영화라서일까.

'IMF'는 홍보도 거의 하지 않은 상태였다.

극장 안에 관객이 적은 것이 어쩌면 당연한 걸지도 몰랐다.

그때, 극장 안의 불이 꺼졌다.

그리고 영화가 시작됐다.

*　　　　　*　　　　　*

"정말… 정말 이게 최선이었습니까?"

정의감으로 무장한 재경부 여직원 배역을 맡은 여주인공이 던진 질문을 끝으로 길었던 영화가 끝이 났다.

"후우."

잠시도 눈을 떼지 못하고 영화를 본 함유석이 긴 한숨을 내쉬었을 때였다.

"대한민국이 망한다는 내용이지? 내가 제대로 이해한 것 맞아?"

"아, 내용이 어렵긴 한데 재미는 있다."

"이강희가 출연한 영화라고 해서 보러 왔는데… 생각보다 훨씬 더 재밌다."

"진짜 영화처럼 될까 봐 무서워. 나 소름까지 돋았어."

"에이, 영화는 그냥 영화일 뿐이야. 대한민국이 망한다는 게 말이 돼?"

상영관에서 함께 영화를 관람했던 관객들이 내뱉은 감상평이 함유석에게 들렸다. 그리고 관객들이 자리에서 일어나 하나둘 상영관을 빠져나가기 시작했지만, 함유석은 자리에서 일어나지 못했다.

함유석은 한국대 경영학과 교수.

같은 영화를 보았지만, 다른 관객들과는 바라보는 지점이 달랐다.

"엄청나게 잘 쓴 시나리오로군."

영화에서 중요한 것 중 하나는 재미.

재미를 극대화하기 위해서 과장된 설정이 군데군데 분명히 존재하기는 했다.

"대한민국에 저런 공무원은 없어."

이강희가 연기한 재경부 여직원.

함유석은 자주 재경부 공무원들과 접촉했기 때문에 이렇게 정의감이 투철하고 국민을 위해서 열심히 일하는 공무원은 존재하지 않는다는 사실을 알고 있었다.

이게 함유석이 생각하는 영화에서 가장 과장된 설정.

그렇지만 다른 부분은 무척 사실적이었다.

속칭 '모피아'라 불리우는 경제 관료들에 대한 묘사, 그리고 대한민국 정부가 IMF에서 구제금융을 받을 경우에 벌어질 수 있는 사건들에 대한 묘사는 무척 세밀했다.

"누가 자문했지?"

그래서 제대로 된 경제 전문가가 자문을 했을 거라고 판단하며 자리에서 일어나려 했던 함유석이 멈칫하며 다시 주저앉았다.

아까 관객들이 나누었던 대화가 귓가에 되살아났기 때문이었다.

"진짜 영화처럼 될까 봐 무서워. 나 소름까지 돋았어."

"에이, 영화는 그냥 영화일 뿐이야. 대한민국이 망한다는 게 말이 돼?"

"불쌍한 국민들은 아무것도 몰라."

'IMF'라는 영화의 내용처럼 국민들은 대한민국 경제가 심각한 상황에 처했다는 것도, 국가 부도 사태가 진짜 도래할 수 있다는 것도 몰랐다.

"알고 당하는 것과 모르고 당하는 것은 천지차이지."

영화 속에 등장했던 대사처럼 국가 부도 사태가 발생할 것을 미리 알고 당하는 것과 전혀 모른 채 당하는 것은 천지 차이였다. 그리고 함유석은 그동안 꾸준히 대한민국 경제가 처한 위험성에 대해서 국민들에게 알리기 노력했다.

하지만 한계가 있었기에 무척 안타까웠는데.

"방법을… 찾은 것 같군."

'IMF'라는 영화가 그 방법이 될 수 있다고 판단을 내린 함유석이 휴대 전화를 꺼내서 연락처를 검색했다.

*   *   *

"교수님, 어서 오십시오."

함유석이 택시에서 내리자마자, 신문사 앞에서 기다리고 있던 장명철이 서둘러 다가와 인사를 건넸다.

"왜 여기까지 나와 있었어?"

"교수님이 오시는데 당연히 기다려야죠."

자신의 밑에서 석사 과정을 마친 후, 현재 대명일보 경제부

기자로 근무하고 있는 장명철을 향해 함유석이 손을 내밀었다.

"자주 찾아뵙지 못해서 죄송합니다."

그 손을 맞잡으며 장명철이 미안한 표정을 지었다.

"사회생활 하다 보면 시간 내기 어렵다는 것, 나도 잘 알아. 그러니까 미안해할 필요 없어. 차 한잔할까?"

"네, 로비에 커피숍이 있습니다. 그리고 가시죠."

장명철이 앞장서서 안내했다.

잠시 후, 커피 두 잔을 사이에 놓고 장명철과 마주 앉은 함유석이 입을 뗐다.

"부탁이 있어서 찾아왔다."

"편하게 말씀하십시오."

"이거 받아."

함유석이 우선 영화 티켓을 탁자 위에 올려놓았다.

"이게 뭡니까?"

"보면 몰라? 영화표잖아."

"갑자기 영화표를 왜⋯⋯?"

당황한 표정으로 영화 티켓을 집어 들고 살피던 장명철이 두 눈을 빛냈다.

"제목이 특이하네요."

'IMF'라는 특이한 제목에 관심을 표명한 것이었다.

자신의 밑에서 석사 과정을 마쳤고, 현재 대명일보 경제부 기자로 일하는 장명철이 국제 통화 기금에 대해서 모를 리 없었다.

그래서 흥미를 드러내고 있는 그에게 함유석이 말했다.

"한번 봐."

"네?"

"직접 영화를 보라고."

함유석이 영화 티켓까지 직접 구매해서 'IMF'라는 영화를 보라고 제안할 것은 예상치 못했기 때문일까?

장명철이 당혹스러운 표정으로 물었다.

"이 영화를 왜 보라는 겁니까?"

"잘 만든 영화거든."

"……?"

"그리고 영화를 보고 난 후에 홍보를 좀 해 줘."

함유석이 영화 홍보를 부탁하자, 장명철은 의아한 표정을 지은 채 입을 뗐다.

"혹시……?"

"혹시 뭐냐?"

"교수님이 이 영화에 자문으로 참여하셨습니까?"

"그런 것 아냐."

"그런데 왜……?"

"사람들이 이 영화를 많이 봤으면 좋겠다는 생각이 들었다."

함유석이 커피를 한 모금 마신 후 덧붙였다.

"그게 다야."

＊　　　＊　　　＊

유니버스 필름 사무실.

대명 일보를 펼쳐서 읽고 있던 이현주가 두 눈을 빛냈다.

"서대표, 오래 살다 보니… 이런 일도 생기네."

그녀가 손에 들고 있던 대명 일보를 내 앞으로 내밀었다.

그 신문을 건네받았던 내 눈을 사로잡은 것은 하나의 기사
였다.

'영화로 보는 경제, 'IMF'라는 영화가 예측한 대한민국 부도 위기!'

"신문의 문화면이 아니라 경제면에서 우리 영화를 홍보해
주는 날이 올지는 꿈에도 몰랐거든."

이현주의 말대로 기사는 대명 일보 문화면이 아니라 경제면
에 실려 있었다.

기사의 내용을 쭉 훑어보던 내가 주목한 것은 현재 한국대
학교 경영학과 교수로 재직 중인 함유석의 추천사였다.

―이 영화는 현재 대한민국 경제가 처해 있는 적나라한 현실을
담았습니다. 지피지기면 백전백태. 가능한 많은 대한민국의 국민
들이 이 영화를 보고 곧 현실로 닥쳐올 경제 위기를 대비하기를

바랍니다.

'신세 졌네.'

그 추천사를 읽고 난 후, 가장 먼저 든 생각이었다.

현(現) 한국대학교 경영학과 교수인 함유석이 'IMF'라는 영화를 보고 직접 추천까지 해 주는 것.

나조차도 예상치 못했던 상황이었다.

그리고 함유석 교수는 경제계에서 유명 인사였다.

그의 추천은 분명히 영화 'IMF'의 홍보에 도움이 될 터였다.

"혹시… 서대표가 부탁했어?"

그때, 이현주가 물었다.

"무슨 말씀이신지?"

"우리 영화 추천사까지 써 준 함유석이란 분 말이야. 한국대학교 경영학과 교수라고 적혀 있더라고. 그리고 서대표는 한국대학교 학생이고. 그래서 혹시 서대표가 함유석 교수에게 영화 홍보를 부탁한 게 아닐까 하는 생각이 들었어."

"저는 법대생입니다. 추천사를 써 주신 함유석 교수님과는 일면식도 없는 사이입니다."

"그래?"

예상이 빗나가자 이현주가 고개를 갸웃하며 혼잣말을 꺼냈다.

"그럼 대체 왜 우리 영화애 추천사까지 써 주신 거지?"

"그 질문에 대한 답은 추천사 안에 담겨 있는 것 같습니다."

"응?"

"추천사에 가능한 많은 대한민국 국민들이 이 영화를 보고 곧 현실로 닥쳐올 경제 위기를 대비하기를 바란다고 적혀 있지 않습니까? 함유석 교수님은 영화 내용처럼 머잖아 대한민국이 국가 부도 위기에 처할 가능성이 있다고 예상하고 계실 겁니다. 그래서 상황의 심각성을 전혀 모르고 있는 국민들을 안타까워하던 도중에 마침 우리 영화를 접하셨을 겁니다. 즉, 한 명의 국민이라도 더 많이 이 영화를 관람하고 미리 위기를 대비했으면 좋겠다는 마음으로 직접 추천사를 써 주셨을 겁니다."

"서대표 짐작이 맞다면… 아주 좋은 분이네."

천천히 고개를 끄덕이던 이현주가 다시 입을 뗐다.

"그런데 좀 아쉽긴 하다."

"뭐가 말입니까?"

"이 기사 말이야. 분명히 우리 영화 홍보 효과가 없는 것은 아닌데, 경제면에 실린 탓에 홍보 효과가 조금 약하다는 생각이 들어서 말이지."

독립 영화급 저예산 영화로 'IMF'를 제작하겠다고 말했던 것은 빈 말이 아니었다.

난 당시에 했던 말을 충실히 지켰고, 그로 인해 작품을 홍보하는 데 쓸 예산은 전혀 편성하지 못한 상황.

그래서 개봉 후에 'IMF'라는 작품을 제대로 홍보하지 못하고 있는 점을 이현주는 무척 안타까워하는 것이었다.

"이대로 묻혀 버리기에는 너무 아쉬운 작품인데."

그런 그녀가 답답한 표정으로 혼잣말을 꺼내는 것을 들은 내가 말했다.

"이제 겨우 개봉 3일 차입니다. 벌써 포기하신 것은 아니죠?"

"그게……."

"아직 포기하기에는 이릅니다."

내가 강조하자, 이현주가 두 눈을 빛내며 물었다.

"서 대표, 혹시 믿는 구석이 있어?"

"작품의 힘을 믿습니다."

너무 교과서적인 대답이기 때문일까?

이현주가 실망한 기색을 감추지 않은 채 손목 시계를 살폈다.

"어머, 벌써 시간이 이렇게 됐네. 같이 저녁 먹으면서 반주 한잔할까?"

그녀가 함께 저녁을 먹자고 제안했지만, 난 고개를 흔들었다.

"오늘은 선약이 있습니다."

"무슨 선약인데?"

그 질문에 내가 대답했다.

"자파구리 요리사가 되기로 했습니다."

*　　　　　*　　　　　*

이현주 대표의 식사 제안을 거절한 이유는 본가에 들르기 위해서였다.

자파구리가 너무 먹고 싶다는 누나의 끈질긴 성화도 있었지만, 방학 기간 내내 한 번도 본가에 들르지 않았던 것도 계속 마음에 걸렸던 상황.

그래서 오늘 본가에 찾아가기로 한 것이었다.

"저 왔습니다."

내가 집에 들어서자, 엄마가 격하게 반겨주었다.

"우리 아들, 그동안 잘 지냈어?"

"네, 별 탈 없이 잘 지냈습니다."

"집에 자주 좀 들러. 이러다가 잘생긴 우리 아들 얼굴 잊어먹겠어."

"죄송합니다."

내가 사과한 순간, 누나가 방에서 나왔다.

"동생, 왔는가?"

"응."

"보자. 이제야 좀 내 동생 같네."

누나가 의미심장한 웃음을 지은 채 말했다.

"무슨 뜻이야?"

"학점을 확인하고 나니까, 비로소 내 동생으로 돌아온 것 같다는 뜻이야."

'학점? 아, 성적표가 도착했겠구나.'

이사한 분당 집으로 따로 주소지를 옮기지 않았으니, 1학기

성적표는 본가로 도착했을 것이었다.

'많이 실망하셨겠네.'

간신히 학사 경고는 면했지만, 부모님의 기대에는 한참 미치지 못하는 낮은 학점을 받았다.

거기까지 생각이 미친 내가 엄마에게 고개를 돌리며 물었다.

"성적표 보고 실망하셨어요?"

"아니, 전혀 실망 안 했어."

"왜요?"

"우리 아들은 날 닮아 머리가 좋잖아. 그래서 나중에 공부하고 싶을 때 공부하면 성적은 금방 오를 테니까. 고등학교 때 이미 증명했잖아."

"네? 네."

"그리고 우리 아들이 마음만 먹으면 금방 사법 고시 합격할 수 있을 테니까."

『회귀자와 함께 살아가는 법』 5권에 계속…